Aos leitores que tornam tudo isso possível.

Escrevi esta história para mim, porque queria saber o que aconteceu entre Daciana e Elias no Território Andorra. Este romance é um vislumbre do meu processo criativo quando permito que as vozes ditem as regras. Espero que gostem da história deles.

A SÉRIE X-CLAN

A origem
Território Andorra
O experimento
A flecha de Winter
Território Bariloche

Série V-Clan
Território de Sangue
Território Noturno

X-CLAN
O EXPERIMENTO

Um romance do X-Clan

AUTORA BESTSELLER DO USA Today
LEXI C. FOSS

X-Clan: O experimento

Lexi C. Foss

eBook ISBN: 978-1-68530-295-5

Paperback ISBN: 978-1-68530-296-2

X-CLAN
O EXPERIMENTO

UM ROMANCE DO X-CLAN

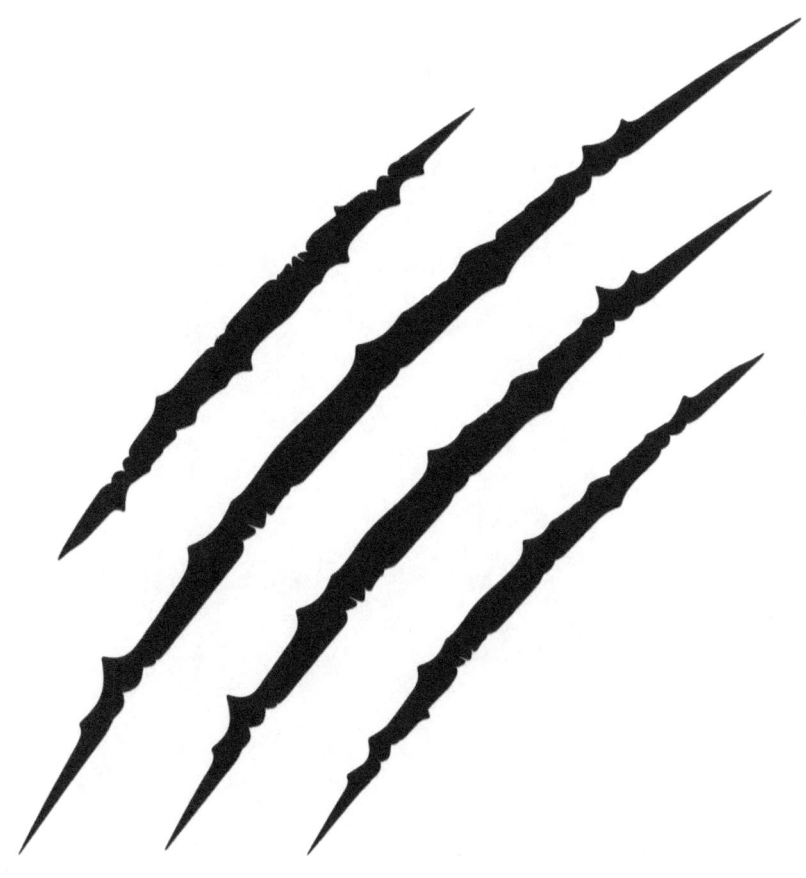

X-CLAN
O EXPERIMENTO

Daciana

Sou uma oferta. Um teste. Um peão em um acordo do qual sei pouco.

Voe para o Território Andorra.
Permita que eles a experimentem.
Acasale um Lobo Alfa do X-Clan.
Espere o melhor.

Essas são as ordens que recebi. Meu destino. Minha existência atual. Não tenho para onde correr e a lua é um relógio que não posso ignorar. Um desses Alfas vai me reivindicar, presumindo que nossa genética seja compatível. E se isso não acontecer, bem, esse é um destino pior que a morte.

Tique-taque.
Faça uma escolha.
Seu futuro depende disso.

Elias

A linda lobinha loira já viu muita dor em sua juventude.

Isso me faz querer recuperá-la.
Adorá-la.

Para mostrar a ela que existem coisas boas neste mundo. Mas nosso futuro está envolvido em um experimento.

Ou ela é compatível ou não. A lua vai determinar nosso destino, ou talvez meu lobo decida por nós. Porque a cada momento que passa, fica mais difícil não reivindicar a mulher que sei no meu coração que é minha.

Corra, corra, pequena.
E não olhe para trás.
Pois se eu te pegar,
Eu só posso morder.

Nota da autora: Esta é uma história independente com personagens do Território Andorra, livro um da Série X-Clan. Possui elementos do Ômegaverso e apresenta um final feliz para sempre.

PRÓLOGO

DACIANA

Prezado(a) humano(a),

Aqui está o que você precisa saber: os Alfas fazem as regras e as Ômegas obedecem. Betas também, mas esta história não é sobre eles. É sobre mim e como acabei em um território distante da minha terra natal.

Os Alfas do Território querem testar minha capacidade de acasalar, para determinar o verdadeiro valor de uma Loba Ash Ômega para um Lobo Alfa do X-Clan.

Um deles vai forçar seu nó em mim, o que é apenas uma maneira gloriosa de dizer que vai me comer por dias a fio para garantir que eu fique cheia de sua semente. E vou ter que aceitar porque não há outra escolha.

Me disseram que este mundo é mais sombrio que o antigo, antes da infecção que matou noventa por cento da população humana. Não que eu saiba muito sobre isso. Eu sou uma metamorfo do tempo atual, não do anterior. E a troca de poder no meu clã é muito real. Sei como me submeter. Sei que não devo lutar. E também sei correr.

Vou escapar do meu destino? Ou vou correr de cabeça para ele?

O futuro permanece incerto.

Bem-vindo ao Território Andorra, onde os lobos são mais perigosos do que os infectados que espreitam do lado de fora das paredes de vidro. Embora as duas espécies tenham uma coisa em comum: ambas gostam de morder.

Me deseje sorte,
Daciana

DACIANA

Eu não conseguia parar de tremer. Tudo parecia errado. Este lugar. O cheiro. Os machos.

Ah, Deus... Os Alfas daqui queriam me devorar viva. A necessidade deles despertava uma dor profunda dentro de mim, que eu lutava com todas as fibras do meu ser. Reagir a eles de qualquer maneira seria interpretado como um convite. E isso não acabaria bem para mim.

— Me dê o seu braço — o médico exigiu.

Obedeci porque sempre obedecia. Ômegas se submetiam. Alfas dominavam. Betas apenas existiam.

Se ao menos eu tivesse nascido Beta. Um pensamento que considerei inúmeras vezes. Não que eu pudesse fazer algo em relação ao meu status.

A agulha perfurou minha veia, quando mais uma amostra de sangue foi retirada. Pelo menos não estavam mexendo entre minhas pernas hoje. Aquele era um exame desconfortável. A ômega baixinha de cabelos azuis que realizou aquela parte do exame se desculpou inúmeras vezes. Permaneci em silêncio, embora desejasse desesperadamente saber como uma ômega conseguiu tal posição em um território do Clã-X. Os rumores em torno dos Lobos do Clã-X eram vastos, principalmente sobre como as ômegas não tinham nenhum status em sua sociedade, exceto para serem tratadas como escravas glorificados.

Eu sabia disso desde o início. Entendia meu destino. Aceitei, mesmo assim.

Se meu corpo fosse considerado compatível, eu seria usada por um macho Alfa. Reivindicada. Possuída. Engravidada. E mantida.

Não era minha primeira escolha para a minha existência, mas nasci sem direitos. Uma mercadoria para ser negociada. E o Alfa do Território das Terras Sombrias fez exatamente isso: me negociado para o Território Andorra para ser testada, comida e, eventualmente, possuída.

Um arrepio percorreu minha espinha e minha visão embaçou sob a luz forte no teto.

Continuaram tirando sangue.

Amostras.

Cutucando.

Examinando.

Sem me dizer *nada*, me mantendo presa a essa porcaria de cadeira. Ah, eles afirmavam que eu não era prisioneira, que só me amarraram para garantir que eu não me mexesse durante os procedimentos, mas eu sabia melhor. Se tentasse fugir, eles me pegariam.

Daí meu babá Alfa.

Ele ficava em silêncio ao lado da porta, com as mãos nos bolsos da calça jeans, observando. Seu olhar negro e impenetrável não revelava nada.

Elias, o Alfa do Território. Foi assim que o chamaram. Poder emanava dele, indicando que era um oficial de alta patente, talvez até o segundo em comando.

Eu não sabia ao certo, porque ele não tinha dito uma palavra para mim.

Mas ele ocasionalmente ronronava.

Apenas um leve e sutil ronronar, que geralmente aparecia quando minha ansiedade atingia o ápice e continuava até me acalmar por completo.

Ele só me tocava quando precisava me levar a algum lugar. Nunca um carinho reconfortante ou um afago sedutor. Apenas prático e protetor.

— Ceres — ele disse agora, com a voz profunda e sensual. — Acho que você já torturou a garota o suficiente por hoje.

— Ainda tenho mais quatro testes, E. — O médico Beta preparou a agulha, pronto para me furar novamente.

Mas o rosnado do Alfa o deteve.

— Eu disse que você já a torturou o suficiente por hoje.

Engoli em seco. Sua agressividade serviu como um afrodisíaco para meus sentidos. Meu próximo cio estava se aproximando rapidamente com a chegada da lua cheia. Fazia parte da razão pela qual Dušan me enviou quando o fez.

Um teste.

Para ver se um Alfa do Clã-X poderia se acasalar comigo.

Deus, isso ia doer. Eu provavelmente desmaiaria de

dor. E ele continuaria me possuir, independentemente do meu medo e tormento.

Alfas só se preocupavam com uma coisa: procriar.

Bem, e dizer a todos o que fazer.

Essa parte era natural para eles.

Um gosto amargo invadiu minha boca enquanto os dois machos se encaravam. Não demorou muito para o médico Beta ceder, Elias sendo claramente o mais dominante dos dois.

— Tudo bem — Ceres resmungou, colocando seus apetrechos médicos no lugar. — Eu a quero de volta bem cedo para compensar o tempo perdido.

— Ela vai retornar quando estiver pronta — Elias respondeu, se afastando da parede. — Você praticamente a drenou inteira. O que mais poderia tirar dela?

— Você é um comandante, Elias. Eu não digo como fazer o seu trabalho, então tente não me dizer como fazer o meu, certo? — Ceres saiu da sala sem esperar por uma resposta, batendo a porta ao sair.

Elias arqueou uma sobrancelha escura com a saída e soltou um suspiro.

— Idiota — murmurou antes de se concentrar em mim.

Eu não tinha me movido porque não podia. Ceres me amarrou à mesa, deixando apenas meus braços livres. Embora eu pudesse desafivelar as tiras, não ousei tentar.

Elias se aproximou, com o foco nas amarras.

— Posso? — ele perguntou, encontrando brevemente o meu olhar.

Franzi o cenho. *Ele está pedindo permissão para me tocar?* Não. De jeito nenhum. Ele devia ter dito isso de forma retórica.

Mas quando não respondi, ele olhou para mim novamente, desta vez com uma leve irritação no olhar.

— Prefere ficar deitada aqui a noite toda, então?

— N-não — gaguejei.

— Não, não quer que eu retire as tiras? Ou não quer ficar aqui a noite toda? — Ele realmente era um macho bonito. Eu particularmente gostava de como a luz refletia nas mechas cor de café de seu cabelo castanho escuro.

Como ele seria como lobo? me perguntei, distraída. *Forte. Pelagem escura. Olhos da cor da meia-noite.*

— Daciana — ele grunhiu, trazendo meu foco de volta a ele com um estremecimento.

— A-ah. Remova. Por favor. — Engoli em seco. — Desculpe. — Fechei os olhos, me encolhendo ao perceber como soava patética. Os Alfas sempre me intimidavam. Este ainda mais por causa da energia que emanava dele.

Forte.

Viril.

Macho.

Disponível.

Minha loba interior se envaideceu em resposta, gostando dele como um possível companheiro. Mas ele nunca escolheria alguém como eu. Eu não era uma Loba do Clã-X, apenas uma Loba Ômega Ash. Uma alternativa substituta para aqueles que precisavam de companheiras. Um macho como esse esperaria até encontrar uma fêmea adequada. Alguém como ele. Não um experimento preso em um laboratório.

Além disso, eu também não *o* queria. Nem qualquer outro macho, na verdade.

Uma mentira total, é claro.

Mas eu repetia esse mantra diariamente, lembrando a mim mesma que eu não precisava de um companheiro para ter valor. Quem se importava que nenhum dos Lobos Alfas Ash tivessem gostado de mim? Que o próprio Alfa do Território tinha decidido que eu era mais valiosa para ele como mercadoria do que como uma fêmea em suas terras?

Sim, eu me importava.

Me importava muito.

A mão quente de Elias acariciou minha bochecha, me fazendo abrir os olhos. Ele me observava com um olhar compassivo.

— Eu não vou te machucar, Ômega. Ninguém vai. Está bem?

Eu não sabia como responder a isso. Porque apenas o cheiro dele me dizia o quanto isso era mentira. Alfas gostavam de comer Ômegas. Talvez ele nunca me escolhesse como companheira, mas se eu entrasse no cio amanhã, ele seria o primeiro a me possuir. A dar o nó. Para procriar. Para espalhar sua semente.

Isso o tornava uma ameaça óbvia.

Todos os Alfas eram.

Eles tomavam. E nunca davam.

Ele franziu os olhos.

— Você está aterrorizada comigo.

Considerei isso. Não. Terror não era a palavra certa.

Medo, sim. Mas não necessariamente dele. Apenas do que eu sabia que ele podia fazer.

Um Alfa em cio tinha o potencial de infligir uma dor imensa, mesmo proporcionando prazer.

Era *disso* que eu tinha medo.

Ele passou o polegar pelos meus lábios trêmulos, com a expressão ainda indecifrável.

— O que o Dušan te disse antes de te enviar para cá?

Não foi Dušan quem falou comigo, mas sim a equipe dele. Eles mencionaram que os parâmetros do acordo incluíam cortejo obrigatório, mas eu sabia melhor.

Então, aquele rato do Caspian confirmou minhas suspeitas na viagem de avião até aqui.

Ainda podia ouvi-lo gargalhar em meus pensamentos, brincando sobre como os famintos Alfas do X-Clan provavelmente iram me dilacerar com seus paus. Havia rumores de que este Território não via uma ômega não acasalada há mais de cinco décadas.

Mas o Alfa que conheci ontem cheirava como um. Ander Cain também não demonstrou o menor interesse por mim, o que eu suspeitava ser devido ao meu sangue Ash...

— Daciana — Elias disse, trazendo meu foco de volta a ele mais uma vez. — Esse jogo silencioso está perturbando meu lobo.

Engoli em seco, notando a verdade de suas palavras em seu olhar. Ergui a mão para seu rosto, traçando as olheiras.

— Você precisa correr — sussurrei, sentindo o anseio do seu lobo pela transformação. Essa era a agressividade que senti nele. Não o desejo de me possuir, mas o animal que espreitava por dentro, ansiando por liberdade.

Humm, ele me lembrava um pouco Dušan e como seu lobo parecia sempre inquieto por baixo da superfície.

É claro, eu não conhecia Dušan realmente, só o tinha visto de longe.

Ele era o Alfa do Território das Terras Sombrias e muito ocupado para uma Ômega como eu.

Muito pequena.

Loira demais.

Muito dócil.

Uma peça em um jogo de xadrez, que ele trocou por um carregamento de itens sobre os quais eu não sabia nada.

Tanto para Ômegas serem reverenciadas de nossa raça.

Minha própria espécie não me queria. Provavelmente porque pensavam que eu estava destruída depois de tudo o que fizeram com a minha mãe.

Será que estou destruída?, me perguntei. *Talvez.*

Soltei o Alfa e olhei fixamente para o teto.

Mas ele se moveu para preencher minha visão novamente.

— E você? — ele perguntou baixinho. — Precisa dar uma corrida?

Eu precisava? Dei de ombros.

— Não fará muita diferença o que eu quero, não é?
— comentei, me sentindo ousada. Isso certamente teria consequências, mas eu não me importava. Eu literalmente não tinha nada a perder.

Esses machos levariam meu corpo.

Me forçariam a acasalar.

E me transformariam em uma reprodutora glorificada, caso meu útero se mostrasse um ambiente hospitaleiro.

A faixa ao redor da minha cintura soltou com um solavanco que me fez soltar um suspiro dolorido. O tecido estava cortando minha pele, diminuindo a circulação, e o repentino aumento do fluxo na região causou uma ardência em seu rastro.

Elias franziu a testa para mim e, em seguida, segurou o vestido para puxá-lo para cima.

Tudo dentro de mim congelou.

Talvez eu tivesse entendido mal a ameaça do seu lobo. Esse homem pretendia me tomar agora, aqui nesse...

— Jesus Cristo — ele murmurou com a mão quente contra minha barriga exposta.

Uma lágrima caiu do meu olho. Minhas pernas ainda estavam amarradas e em posição aberta, expondo tudo abaixo da cintura.

Seria apenas questão de segundos agora.

Ele se posicionaria e...

A bata hospitalar caiu, e me deparei com um par de olhos furiosos.

— Por que você não disse nada? — ele exigiu.

Franzi a testa para ele.

— O quê?

— Você está toda machucada. — Ele rapidamente soltou as amarras das minhas pernas e depois saiu procurando nas gavetas. — Merda. Nem sei o que estou procurando. — Ele colocou a cabeça para fora da porta e gritou: — Riley! Venha aqui imediatamente! — Então ele começou a andar de um lado para o outro, me lançando olhares irritados.

Quase me encolhi em uma bola, mas apenas o simples ato de me encolher doía as laterais do meu corpo, então permaneci completamente imóvel na mesa.

— Não acredito que você acabou de ordenar que eu fosse para a sala de um paciente — uma voz feminina veio do corredor antes que a médica de ontem entrasse no quarto.

— Nem comece — ele rosnou em resposta. — O Ander pode aguentar sua atitude briguenta agora, mas eu te colocaria de quatro no meu colo e daria um tapa nessa bunda deliciosa. Com força. E te mandaria choramingar em casa com o Jonas.

A médica ômega semicerrou os olhos para ele, com as mãos na cintura, confrontando-o na porta.

— O Jonas te arrebentaria — ela respondeu.

— E valeria muito a pena, só para ouvir você gritar — ele retrucou, se aproximando dela.

Ela deu um tapa ousado no peito dele, me fazendo encolher. Isso não ia acabar bem. Como a Ômega não conhecia a etiqueta adequada com machos Alfa? Eles preferiam reverência. Submissão. Calma. Sem discussão.

— Tire esse comportamento Alfa cheio de testosterona de perto de mim, Elias — a audaciosa fêmea disse com um tom que não admitia argumento. — Agora me diga por que estou nesta sala.

Ele rosnou baixo.

— Você tem sorte de ser útil.

Ela soprou um beijo para ele.

— Você me ama e sabe disso.

— Sim, sim. — Ele passou os dedos pelos cabelos escuros e rebeldes, balançando a cabeça. — O Jonas precisa te disciplinar mais.

— Ah, você não tem ideia — ela respondeu, com um sorriso na voz.

O que acabou de acontecer? Ele estava permitindo que ela se safasse com esse comportamento?

— Ômega impossível — ele murmurou, voltando sua atenção para mim e entrando novamente em modo de agressão Alfa.

Ah, droga. Parecia que eu suportaria o peso de sua desobediência. Sorte a minha.

Quase corri para o canto quando ele se aproximou para levantar a bata novamente. No entanto, a mão em meu pescoço me segurou no lugar.

Mas não era um aperto brusco, sim um toque carinhoso.

Como se ele estivesse tentando me oferecer um pouco de segurança enquanto mostrava meu corpo à médica.

Franzi a testa, me perguntando por que ele faria

uma coisa dessas.

— Merda — Riley disse.

Estremeci com um sibilo quando ela apertou o meu lado.

— Por que o Ceres a amarrou com tanta força? — Riley questionou.

— Não sei, mas vou perguntar ao Beta assim que o vir novamente.

Riley bufou.

— Você quer dizer que vai dar um soco na cara dele e depois perguntar.

— O método de questionamento ainda será determinado — ele admitiu em tom sombrio, abaixando o tecido novamente com a mão que não segurava meu pescoço. — Você pode dar algo a ela para ajudar com a dor?

— Sim, já volto. — Ela saiu da sala e eu engoli em seco, com sua mão ainda em meu pescoço.

Ele acariciou meu pulso e olhou para mim.

— Da próxima vez, diga alguma coisa.

— Tipo o quê?

— Que você está sentindo dor — ele respondeu, cerrando os dentes a cada palavra.

Franzi a testa.

— Estou sentindo dor desde que cheguei. Devo reclamar toda vez que ele me espetar com uma agulha? Cada vez que ele tira sangue das minhas veias já esgotadas? Cada vez que alguém enfia uma sonda nas minhas partes íntimas? — Soltei uma risada triste. — Tenho certeza de que você não quer que eu reclame o dia todo, Alfa.

ELIAS

Meu sangue fervia.

Essa ômega irritante estava sentindo dor o tempo todo e não disse uma palavra.

As amarras eram para mantê-la no lugar enquanto Ceres trabalhava, não para mantê-la presa por medo de uma possível fuga. Ela não tinha para onde correr. Todos nós sabíamos disso. Exceto, talvez, a garota na mesa, porque ela claramente tinha medo de mim. Medo de nós. Medo da vida.

E eu queria matar quem quer que tivesse incutido tal reação nessa linda criaturinha.

Riley retornou antes que eu pudesse responder, com uma pequena embalagem de comprimidos e uma garrafa de água na mão.

— Tome isso — ela instruiu a Ômega antes de encontrar o meu olhar. — Você pode preparar um banho para ela depois? Adicione alguns sais de cura. Isso vai ajudá-la a relaxar um pouco.

Eu assenti.

— Sim.

Os lábios dela se curvaram, mostrando gratidão em

seus olhos azuis, a mesma cor de seu cabelo neste mês. Riley sempre tingia o cabelo. Mas todos nós sabíamos que ela era ruiva, pois seu pelo nunca mudava com a cor do cabelo.

Ela saiu, dizendo para esperarmos mais alguns minutos enquanto ela preparava os materiais, e eu me concentrei na fêmea dócil na mesa. Além de tomar os comprimidos, ela não se mexeu. Quase como se temesse ser repreendida até por respirar sem permissão.

— Quer ficar de pé? — perguntei a ela, baixinho.

Ela franziu a testa para mim.

— Você quer que eu fique de pé?

— Quero que você esteja confortável.

Ela ergueu as sobrancelhas claras até a linha do cabelo loiro-acinzentado.

— Confortável? Em um consultório médico? Amarrada em uma mesa? — Ela pareceu considerar suas palavras e franziu a testa mais uma vez. — Isso é possível?

Embora eu não tenha gostado de seu tom ou de suas palavras, fiquei feliz em ouvi-la falar, porque isso provou que ela ainda não estava destruída. Me preocupei com seu estado mental nas últimas vinte e quatro horas, com seu comportamento tímido e seu silêncio. Mas ela parecia bem por baixo da aparência dócil.

Bem, o suficiente, de qualquer maneira.

Toda essa coisa de esconder seu desconforto tinha que parar.

Tudo bem, ela tinha um ponto. Nada nessa situação era confortável.

— Você vai tirar o dia de amanhã de folga — decidi

assim que Riley retornou. Ela deve ter ouvido meu comentário, pois franziu a testa em surpresa enquanto colocava uma sacola com materiais para o banho no balcão. — Você e o Ceres têm amostras suficientes por agora. Vou mostrar o território para a Daciana amanhã. E vamos dar uma corrida nas montanhas. Não é negociável. O Ander vai autorizar.

Porque eu o obrigaria a fazer isso. Ele podia ser o Alfa do Território, mas também era o meu melhor amigo. Se eu dissesse a ele que a garota precisava disso, ele ouviria.

— Sim, senhor — Riley disse com falsa submissão.

— Você quer mesmo que eu te dê umas palmadas, não é? — Malandrinha. — Nunca vou entender como o Jonas te aguenta.

— Ele me aguenta ou eu o aguento? — ela perguntou, fingindo ponderar.

— Ah, com certeza eu te aguento, pirralha — Jonas disse, aparecendo na porta. — Pare de torturar o Elias.

— Não fiz nada disso.

— Sua companheira está cheia de merda — eu o informei.

— Eu sei — o grandalhão respondeu, semicerrando o olhar para sua fêmea. — Você está dando um mau exemplo para nossa convidada.

— Ou talvez eu esteja dando o exemplo certo — ela retrucou com um sorriso insolente.

Jonas rosnou, baixo e significativo, e se aproximou para segurar a nuca dela.

— Vamos embora.

Riley riu enquanto o Alfa a carregava pelos ombros e dava um tapa forte em sua bunda.

Balancei a cabeça para eles. O homem era um santo que amava demais sua companheira.

— Ela vai bater nela com muita força? — Daciana perguntou, depois cobriu a boca, como se não pretendesse murmurar as palavras em voz alta.

— Bater nela? — repeti.

— Desculpe, eu não quis...

— Ah, sei exatamente o que você quis dizer, pequena. — Me inclinei sobre ela, invadindo propositadamente seu espaço porque queria ler suas emoções através do cheiro. — Ele provavelmente vai dar uns tapas nela por ser uma pestinha, mas ela vai gostar. Porque esse é o jogo deles. Ela muitas vezes age mal para chamar a atenção, e ele a pune da mesma forma. Depois eles transam e ela goza no pau dele, e se apaixona ainda mais por ele.

As bochechas de Daciana ficaram vermelhas e a respiração ficou presa na garganta enquanto o sutil aroma de lubrificação permeava o ar.

Humm, sim.

Aquelas palavras foram entendidas muito bem.

— Não batemos em nossas companheiras neste território — eu disse a ela. — E a menos que eu tenha interpretado Dušan de forma errada, acho que no seu também não fazem isso. Então quem a levou a acreditar nessas mentiras?

Ela começou a se contorcer, indicando que atingi um ponto sensível. Bem, que pena. Eu queria saber quem foi que encheu a cabeça dela com essa merda.

— Não fique em silêncio agora, princesa — falei, de forma despreocupada. — Me diga quem deixou suas expectativas tão sombrias.

— É agora que eu reclamo da dor? — ela retrucou baixinho. — Ou devo ficar muda novamente?

Suas palavras me surpreenderam, me fazendo recuar.

— Eu nem estou te tocando.

— Nem toda dor é física, Alfa — ela respondeu em voz baixa, desviando os olhos azuis claros para a parede. — Às vezes, são nossas memórias que nos atormentam.

Uma declaração poderosa que me disse muito.

— Sua mãe sofreu abusos de seu companheiro.

— Minha mãe não tinha um companheiro — ela sussurrou. — Ela era Beta, usada por Alfas sem companheiras.

Ah, merda... Passei as mãos pelo cabelo. Porque eu sabia o que ela queria dizer. Algumas Betas tinham como profissão servir aos Alfas. Visitei várias ao longo dos anos. Mas elas não eram como as Ômegas, seus corpos não eram tão acostumados a receber o tipo de sexo de um macho Alfa.

O que significava que a maioria delas acabava machucada.

— Todos os Alfas são iguais e só querem uma coisa — Daciana continuou. — Mas nenhum deles me tocou, mesmo quando me ofereci para tomar o lugar dela. Porque eles não queriam acasalar ou reivindicar uma companheira. Não, os Alfas da minha terra só queriam dominar e destruir. — Ela balançou a cabeça, parecendo perdida em pensamentos. — Ela morreu, sabe. Foi por isso que Dušan me mandou. Eu não tinha ninguém para deixar para trás.

— Ele disse isso?

— Não foi preciso — ela declarou baixinho.

— Isso não me parece como o Alfa que conheci — admiti. Embora eu soubesse que o Alfa era um negociador implacável, ele claramente tinha um ponto fraco por suas Ômegas. Por que mais ele adicionaria o requisito de cortejo ao acordo comercial? Nenhum dos Alfas do Território Andorra poderia acasalar com as Lobas Ômegas Ash a menos que a fêmea concordasse. Não era como costumávamos fazer as coisas como Lobos do X-Clan, mas isso não tornava errado. Na verdade, parecia até bastante certo.

— Eu nunca o conheci — ela respondeu. — Ele está muito acima na hierarquia, e eu era apenas a filha de uma prostituta.

Franzi a testa para ela.

— Você não deveria falar sobre sua mãe assim.

— Por que não? É assim que todo mundo a chamava. — Uma lágrima caiu de seus olhos, uma que ela não percebeu ou não achou adequado enxugar. — Eles nem a enterraram depois, me deixando com a tarefa depois que terminaram de acasalar com ela. — Ela balançou a cabeça como se quisesse afastar a lembrança. — Desculpe. Não é apropriado discutir essas coisas. Eu sei disso. Posso aceitar qualquer punição que você achar que mereço.

Fiquei chocado. As palavras *o que aconteceu com você?* quase escaparam da minha boca.

Mas eu sabia o que aconteceu com ela.

Ela era filha de uma prostituta Beta.

Nós tínhamos várias aqui no Território Andorra, algo que a vasta população de machos Alfa exigia, mas Ander se certificava de que todas fossem cuidadas devidamente com cuidados de saúde, salário adequado e outros benefícios.

Isso me fez questionar o que o acampamento de Dušan estava fazendo no Território das Terras Sombrias.

Limpei a lágrima de sua bochecha e desci meus dedos por seu pescoço.

— Você consegue andar, Daciana?

Ela suportou muitos exames hoje e ainda não tinha feito nenhum esforço para sair da mesa de exames.

— Sim — ela respondeu, se erguendo com movimentos trêmulos.

Observei enquanto ela ficava de pé, vi a forma como seus joelhos vacilaram com incerteza.

— Você precisa comer — comentei em voz alta. — E a Riley quer que você tome um banho.

Daciana apenas assentiu, com o olhar fixo no chão.

Ela ainda achava que eu queria puni-la.

Em que mundo essa pobre Ômega cresceu?

Enquanto ela tomasse banho, eu descobriria, ligando diretamente para Dušan.

— Vamos — eu disse, levantando-a em meus braços quando seu vacilar se tornou um tremor violento. Embora ela pudesse andar, suspeitei que sentiria dor. Ela estava muito fraca por causa da perda de sangue e a contusão em sua cintura estava incomodando-a mais do que ela estava admitindo.

Eu a segurei com cuidado e fui até a mesa.

— Pode pegar essa sacola para mim, princesa?

Ela pegou a sacola e a segurou como se fosse a tarefa mais importante de sua existência.

Levá-la de volta para seus aposentos estéreis parecia cruel, então a conduzi para o elevador para ir até o meu. A banheira era maior. A vista também era melhor, pois as janelas davam para a cidade em vez de um pátio sombrio, e eu preferia a ideia de dormir na minha cama esta noite em vez de no sofá na sala lateral.

Ander provavelmente não ia gostar disso.

E a vibração em meu pulso confirmou essa ideia assim que sai do elevador em meu andar. Não olhei a mensagem, sabendo o que ela diria, e em vez disso foquei no conforto de Daciana. Ela me observou com cautela enquanto eu a acomodava em uma poltrona espaçosa na sala de estar.

— Vou buscar um lanche e água para você. Depois que eu estiver satisfeito com a quantidade que você tiver comido, vou preparar um banho para você.

E depois eu lidaria com o Alfa do meu Território e com o do Território das Terras Sombrias.

Daciana voltou à sua rotina de silêncio enquanto eu a alimentava. Pelo menos ela comeu sem reclamar. Só queria poder eliminar aquele brilho desconfiado em seu olhar.

Tentei conversar com ela, contar um pouco sobre minha família e os dias antes dos Infectados causarem o caos no mundo. Que cresci na Espanha, mas estudei na Noruega, onde conheci Ander. Continuei com os antecedentes do Território Andorra, como Ander se tornou o Alfa do Território, por que preferíamos tecnologia e pesquisa médica, e ela ouviu com um olhar tranquilo. Não desinteressada, mas também não exatamente intrigada.

Então, depois, preparei um banho para ela e a carreguei para o interior de mármore do banheiro.

— Adicionei os sais como indicado — eu disse, apontando para a sacola que Riley havia preparado. — Me avise se estiver muito quente ou muito frio. — Eu mesmo testei, mas minha temperatura corporal tendia a ser um pouco mais elevada.

Ela me observou por um longo momento, depois se virou para a banheira e entrou, ainda vestida.

Segurei seu cotovelo e ela deu um pulo, fechando os olhos com força.

— Jesus, se eu quisesse te machucar, já teria feito isso — eu disse, um pouco irritado com seu medo constante de minha proximidade. — Mas você não pode usar essa coisa no banho. Precisa tirá-la.

Ela engoliu em seco e uma lágrima escapou de seu olho.

— O que acha que vou fazer com você? — questionei, acariciando sua bochecha com a mão livre e usei a outra para segurar seu quadril e virá-la para mim. — Estou tentando cuidar de você, Daciana.

— P-por quê? — ela perguntou, tremendo. — P-por que você está cuidando de mim?

— Porque é a coisa certa a fazer? — sugeri. — Porque você é uma convidada em nosso território. — Passei o polegar sob seu queixo, inclinei sua cabeça para cima e a encorajei a levantar os olhos para os meus. — Porque não sou um completo idiota.

Suas íris azuis-claras se encheram de uma emoção que ela reprimiu quase assim que apareceu. Uma emoção que estranhamente parecia muito com esperança.

Ela segurou a bainha da bata hospitalar e começou a levantá-la. Eu a soltei enquanto ela puxava a peça sobre a cabeça. Daciana a jogou de lado, ficando nua diante de mim.

Mantive o olhar fixo nela, provando um ponto, e ofereci a mão aberta.

— Se abaixe devagar. Quero ter certeza de que não está muito quente.

Ela olhou para minha mão, depois fechou os olhos e aceitou minha ajuda. A forma como seu corpo tremia me mostrava o quanto ela se sentia fraca.

— Chega de exames — eu disse mais para mim mesmo do que para ela. — Pelo menos até você se sentir melhor.

Daciana voltou ao silêncio, mas notei como seus ombros se relaxaram enquanto ela se acomodava na água. Não havia sinal de dor ou desconforto, sua mão estava solta na minha, não tensa. Na verdade, ela parecia calma ao apoiar a cabeça sobre as toalhas que enrolei para fazer um travesseiro improvisado.

— Voltarei para verificar você em trinta minutos — eu disse, soltando-a.

— Obrigada — ela sussurrou, o que aqueceu um pouco meu coração.

Me inclinei para beijar o topo de sua cabeça.

— De nada, princesa.

Ela suspirou, a primeira mostra de conforto vindo dela hoje à noite. Com uma confirmação para mim mesmo, deixei-a no banho e rapidamente verifiquei as mensagens de Ander no celular.

O que é que você está fazendo?

Pare de me ignorar.

Vou subir aí, Elias.

Me responda, seu idiota.

Eu sorri.

A última mensagem chegou há quatro minutos. *Você tem cinco minutos.*

Caminhei até a porta de entrada e a abri para esperar sua chegada. E o elevador soou como um alarme pontual.

Ele invadiu o corredor e parou ao me encontrar apoiado na parede, logo dentro do meu apartamento. Ele semicerrou os olhos com desconfiança.

— Por que tenho a sensação de que isso é uma armadilha?

— Não é. Mas preciso que você ligue para Dušan para mim.

Ele franziu a testa.

— Por quê?

— Porque ele nos mandou uma Ômega destruída e eu quero saber o motivo.

DACIANA

Paralisei debaixo da água e senti meu sangue gelar com o cheiro de um segundo Alfa.

Ander Cain, reconheci, e meu estômago se contraiu.

Tudo isso foi um plano. Uma maneira de me fazer relaxar antes de qualquer punição que Elias tivesse em mente. Eu não deveria ter falado de forma tão livre, sabia que não devia dizer essas coisas, mas algo nele me fez querer soltar a língua.

E agora eu pagaria o preço máximo.

Ele me colocou na banheira, prepararia meu corpo e me tomaria brutalmente. Me forçariam a gostar. Usariam seus rosnados para provocar meu prazer.

Lágrimas ameaçaram a cair, mas eu as engoli.

Eu precisava ser forte. Era a única maneira de sobreviver. Embora, em alguns dias, eu fosse me perguntar qual era o sentido de viver nesse mundo quando o destino claramente estava contra mim.

Um rosnado veio do outro cômodo, o que fez meu pelo se arrepiar.

Então murmúrios profundos seguiram.

Minhas orelhas se moveram, captando a conversa com minha audição de lobo.

— O que você quer dizer com "destruída"? — Ander exigiu.

— Ela teve que enterrar a mãe, Ander — Elias disse. — Depois que um grupo de Alfas destruiu a coitada da Beta até a morte.

Estremeci com a descrição grosseira, mas depois me lembrei de como eu praticamente disse a mesma coisa a ele. Era difícil suavizar uma experiência tão horrenda.

— Merda — o Alfa do Território murmurou.

— Sim. *Merda*. Quero saber que tipo de operação Dušan está dirigindo lá que pode permitir que isso acontecesse.

Ah, não... Isso não era bom. Ele não podia falar com Dušan. Não sobre isso. Se ele descobrisse que mencionei isso, ele... ele... bem, eu não sabia o que ele faria, mas não poderia ser bom.

Segurei as laterais da banheira e tentei me levantar, mas meus membros estavam pesados demais.

Não, não, não. Não podia deixar minha letargia me parar. Eu tinha que...

— Dušan. — A voz de Ander soou tensa e eu paralisei mais uma vez.

— Cain — ele respondeu um tom profundo.

Ah, merda. Ele já atinha ligado.

Fiquei imóvel, ouvindo, sentindo o medo se acumular no meu estômago. Interrompê-los agora não seria apropriado. E o que eu diria? Pare? Quase ri, mesmo enquanto um soluço ameaçava escapar.

As Ômegas não tinham poder.

Eles nunca me ouviriam.

Além disso, eu merecia qualquer punição por que sabia que não deveria ter dito nada.

— Por que está me ligando sem avisar? — Dušan questionou. — Há algum problema com a Ômega?

— Vou deixar o Elias responder a isso — Ander respondeu.

Prendi a respiração, precisando ouvir sua resposta mesmo enquanto temia por ela.

— A Daciana parece acreditar que vou espancá-la, Dušan. Não, não apenas espancá-la. Ela está com a impressão de que vou a devastar até a morte. Como seus Alfas fizeram com a mãe dela.

Silêncio.

Seguido de um palavrão rosnado por Dušan. Ou presumi que era ele, pois não veio de Ander ou Elias.

— Ionut, um dos meus *antigos* Alfas, estava comandando um centro de prostituição perto dos limites do meu território. Fui informado disso há cerca de dois meses. Eu o destruí, assim como todos os Alfas envolvidos, há quatro semanas. Daciana foi uma das vítimas colocadas em custódia protetora. Ao descobrir que ela é Ômega, eu a designei para o Território Andorra, desejando lhe proporcionar um novo começo. Eu não tinha ideia de que ela estava assim... devastada.

Estremeci com a palavra.

É isso que estou?, me perguntei. *Devastada?*

— Ela mencionou ter enterrado a mãe — Elias disse em voz baixa.

— Sim. — Dušan limpou a garganta. — Isso aconteceu pouco antes da invasão. É uma morte em minha consciência, pois poderia ter sido evitada se tivéssemos intervindo antes. Eu não tenho desculpa.

— Porque um bom Alfa nunca se desculpa por um fracasso — Ander disse em voz baixa. — Eu entendo.

Mais silêncio.

— Você deseja devolvê-la em troca de outra? — Dušan perguntou. — Podemos fazer os arranjos necessários.

— Isso não será necessário — Elias respondeu. — Ela pode estar devastada, mas temos os meios para recuperá-la.

— Tem certeza? — Dušan pressionou.

— Vamos conversar a respeito e te retornar — Ander cortou. — Obrigado pelas informações, Dušan.

— Claro.

Um silêncio tenso se seguiu, e suspeitei que a ligação tinha terminado.

— Tem certeza de que quer assumir esse fardo? — Ander perguntou, o que pareceu horas depois. Ou perdi parte da conversa ou os Alfas estavam se encarando e se comunicando com os olhos.

— Eu posso ajudá-la — Elias respondeu em voz baixa. — *Quero* ajudá-la.

— Os detalhes descritos são o terreno fértil para uma vida inteira de luta. Ela não vai confiar em você facilmente.

— Eu sei.

— E você terá que ser paciente.

— Sim, eu sei.

— Você não é um homem paciente, Elias.

— Posso ser paciente por ela — ele enfatizou com

uma nota de súplica em seu tom que fez meus lábios se curvarem para baixo. Ele estava implorando ao seu Alfa para me deixar ficar? Por quê?

Outra tensa quietude se seguiu.

Então, um profundo suspiro.

— Está bem. Se ela é a sua escolhida, farei o que for necessário para apoiá-lo. Mas é melhor você cortejá-la, E. Faz parte do acordo.

— Eu nunca a forçaria — Elias garantiu.

— Eu sei. — Houve um som de palmas... Ander batendo nas costas de Elias, talvez? — Você é um homem bom quando quer ser.

— Uau, obrigado, cara. Que elogio.

— Eu tento — Ander respondeu com um sorriso em sua voz. — Me informe como as coisas estão progredindo, e eu me encontrarei com Ceres sobre os resultados dos exames.

— Ah, isso me lembra uma coisa — Elias disse. — Pergunte a Riley sobre a força com que aquele idiota amarrou Daciana na mesa. O abdômen dela está cheio de hematomas.

— *O quê?* — o Alfa do Território rugiu, me fazendo estremecer.

Toda essa agressividade estava mexendo comigo, conflitando com meus princípios.

Quando meu cio começasse durante a lua cheia, eu estaria em um mundo de dor.

— Sim, para que você possa entender por que eu não permitirei que ele faça mais exames nela, provavelmente nunca mais — Elias disse, me surpreendendo.

Provavelmente nunca?

— Que foda.

— Essa é a sua palavra favorita da noite — Elias murmurou.

— É a palavra que descreve minha vida agora — Ander murmurou, soando cansado.

— Isso não tem nada a ver com a Ômega teimosa trancada em seu apartamento, tem?

O Alfa do Território suspirou.

— Não faço ideia do que fazer com ela.

— Acasale com ela — Elias disse. — É o que você precisa fazer com ela. Ela já está grávida do seu filho. Termine o trabalho.

— Ela ainda não aprendeu a lição.

Elias riu.

— Sabe de uma coisa? Acho que vocês dois combinam. Uma combinação feita na Teimosolândia.

— Nunca mude de profissão, E. Comédia não está em seus genes.

O som distintivo de um soco chegou aos meus ouvidos, me chocando do meu banho.

Então grunhidos masculinos seguiram.

Mais daquela energia dominante encheu o ar, fazendo minhas coxas se apertarem enquanto a lubrificação ameaçava escapar.

Alfas lutando. Ah, Deus. Não. Eu não conseguia lidar com a violenta explosão. Não queria ser aquela em que eles expulsariam essa agressividade quando terminassem.

Porque eu sabia que esse era o meu futuro.

Eles lutariam, se machucariam e depois

concentrariam essa atenção em mim, acasalando comigo por ambos os lados. Iria doer, mesmo enquanto eu chegava ao orgasmo, meu corpo projetado para isso.

Eu odiaria ser uma Ômega naquele momento. Desejaria a morte mesmo enquanto gritava os nomes deles.

Uma risada interrompei meus pensamentos.

O som de um baque seguiu.

Depois mais uma risada enquanto Elias arfava:

— Eu desisto. Eu desisto.

— Eu sei — Ander respondeu, com o tom triunfante, enquanto o som de sapatos se arrastando pelo carpete atingiu meus ouvidos. — Mas você quase me pegou.

— Quase — Elias concordou. — Mas você me deu um soco de surpresa.

— Não deveria ter me mostrado o seu lado.

— É, é — Elias resmungou. — Quer uma bebida?

— Não, preciso voltar para minha Ômega, e suponho que você precise ver a sua.

Franzi a testa.

Isso soou... *familiar*.

— Humm, minha Ômega — Elias murmurou. — Sim, acho que gosto disso.

Ele não poderia estar se referindo a mim, certo? Talvez Elias tivesse outra em algum lugar?

Não. Não, ele não podia, porque não havia Ômegas disponíveis neste território. Bem, exceto a que senti ontem. Mas ela parecia pertencer a Ander, se entendi corretamente a conversa deles.

Talvez houvesse mais Ômegas?

O Território Andorra teria mentido para Dušan sobre sua necessidade?

Bem, mesmo que o Território tivesse outra Ômega, eu não senti em Elias. E ele não saiu do meu lado desde que nos conhecemos. No entanto, supus que ele poderia ter uma escondida em algum lugar.

Embora tivesse que ter o cheiro dela neste apartamento, e eu só sentia o dele. Este era definitivamente o *seu* território.

Se ele tivesse uma Ômega, haveria rastro dela em algum lugar.

Mas ele não poderia estar se referindo a mim. Eu não era sua Ômega. Nem ele deveria me querer. Eu era apenas a Loba Ash Wolf devastada.

— Você não parece muito relaxada — uma voz profunda declarou, me fazendo pular na água.

Elias estava no banheiro, apoiado na porta, me observando.

Não o ouvi se aproximar, nem o outro Alfa sair, tão perdida em meus pensamentos que não prestei atenção. Um lugar muito perigoso para estar.

— Mais silêncio? — ele perguntou, se aproximando para se agachar ao lado da banheira. — E se eu te disser que gosto da sua voz? Isso te dará coragem para falar?

Eu pisquei para ele.

— Falar com você só causa problemas.

Ele ergueu as sobrancelhas.

— Ah, é? Que tipo de problema?

Abri a boca para comentar sobre a ligação para Dušan, quando percebi que nenhuma punição foi exigida como resultado.

LEXI C. FOSS

Na verdade, Dušan soou quase arrependido e pediu desculpas. Ele não ficou bravo comigo por falar. Inclinei a cabeça, pensando.

— Por que ele não se importou que eu tenha te contado? — perguntei. — Falei fora de hora. Ele deveria exigir uma punição.

Elias arregalou os olhos e então uma compreensão cruzou seus traços enquanto ele apoiava os antebraços na banheira.

— Você ouviu nossa conversa no outro cômodo.

Outra infração, percebi, franzindo o cenho. Eu estava estragando tudo. Ainda assim, não conseguia me desculpar. Eu deveria. Sabia que deveria. Mas não podia, não diria, as palavras.

— Fico feliz que você tenha me contado, Daciana — Elias admitiu em voz baixa. — Isso me ajuda a entender suas reações. — Ele mergulhou a mão na água perto da borda da banheira e franziu o cenho. — A água está fria.

— Sim — concordei.

Ele me olhou irritado.

— Eu disse para me dizer se você estivesse desconfortável.

— Não estou desconfortável — respondi, franzindo a testa para ele. — Cresci tomando banhos em água muito mais fria do que essa.

Ele se levantou, foi até um armário e pegou uma toalha macia.

— Levante-se, Daciana.

Engoli em seco e agarrei as bordas da banheira novamente, tentando seguir sua ordem. Meus dedos

34

escorregaram, a borda da banheira era muito grande para minhas mãos pequenas.

Uma mão apareceu diante dos meus olhos. Segui o braço até o rosto dele, e vi que ele me observava atentamente. Não de um jeito faminto. Não, ele parecia mais preocupado.

— Daciana — ele murmurou, flexionando os dedos.

Pressionei a mão contra a dele e permiti que me ajudasse a sair. Ele me ergueu sem esforço da banheira e me ajudou a encontrar o equilíbrio em um tapete macio antes de me enrolar na toalha mais fofa do mundo. Fiquei maravilhada com a sensação do tecido contra a minha pele, me aconchegando por instinto e ansiando por um ninho de tamanha qualidade.

Elias me observou com aquela expressão atenta, depois foi até o armário e pegou várias toalhas antes de me levar a uma cama maior que meu quarto no Território das Terras Sombrias.

— Você pode dormir aqui — ele disse, colocando as toalhas em um dos travesseiros. — Sinta-se à vontade.

Entreabri os lábios, porque entendi o que ele estava dizendo.

Ele acabou de me convidar a fazer um ninho.

Algo que ele confirmou quando foi para outro armário e pegou um monte de lençóis e cobertores, que colocou no criado-mudo.

— Vou encontrar algo para você vestir — disse, voltou para o banheiro e passou por ele para outro quarto além. Quando ele voltou com uma camiseta larga com o cheiro dele, comecei a entender que ele não apenas me convidou para fazer um ninho em seu apartamento, mas também em seu próprio quarto.

Eu o observei.

— Você pretende dormir aqui também? — Era uma pergunta justa, considerando que este era o quarto dele.

— Somente se você quiser, princesa. — Ele passou os nós dos dedos na lateral do meu pescoço. — Se não, tem um quarto de hóspedes onde posso descansar.

— Por que não me dar o quarto de hóspedes?

Ele se aproximou e segurou o lado do meu pescoço.

— Porque minha intenção é eventualmente compartilhar essa cama com você, mas só quando você se sentir confortável.

— Você deseja acasalar comigo? — sussurrei, engolindo em seco.

— Desejo fazer mais do que acasalar com você, Daciana. — Ele se aproximou, roçando as coxas nas minhas enquanto sua mão deslizava para a nuca. — Pretendo te reivindicar, Daciana do Território das Terras Sombrias.

— Mas nem sabemos se somos compatíveis ainda — balbuciei. — E-e eu não... Você não... Quero dizer... Isso não é...

— Shh — ele sussurrou, roçando os lábios nos meus em um beijo suave. — Teremos tempo para descobrir, Daciana.

Não, não temos, eu queria dizer a ele. Ele tinha que saber que meu ciclo de calor estava prestes a começar. Todas as fêmeas Lobas Ash entravam no cio durante a lua cheia.

— Nunca vou te forçar a fazer algo que não esteja

pronta — ele continuou. — Mas sou um macho honesto, e parte disso significa dizer a você a verdade sobre minhas intenções. Então, sim, quero que faça um ninho na minha cama. E sim, espero um dia me juntar a você. No entanto, você vai ditar nosso ritmo, não eu.

Ele pressionou a boca contra a minha, prolongando o contato por apenas um instante antes de me soltar. Senti frio com sua ausência, meu corpo ansiando por mais de seu calor, seu toque, seu beijo.

O sorriso arrogante em seus lábios me disse que ele conhecia meus pensamentos, como se eu os tivesse falado em voz alta, mas não me daria mais nada até que eu pedisse.

— Vou ficar na sala de estar por algumas horas, se precisar de mim. Tente dormir e amanhã faremos uma corrida.

Ele me deixou parada ao lado da cama, atônita diante da porta.

Ele está me cortejando. Ele está verdadeiramente me cortejando.

Ouvir os machos discutirem isso tinha sido uma coisa.

Mas Elias fazer isso era completamente diferente.

Um Alfa quer acasalar comigo.

Como isso é possível?

Não, melhor pergunta: quero que ele me corteje?

Isso... isso eu não sabia.

Mas mesmo enquanto pensava, ouvi minha loba sussurrar: *Sim. Sim, ele é meu.*

ELIAS

Bater em minha própria porta me pareceu estranho, mas eu queria avisar Daciana que pretendia entrar. Quando não ouvi nada do outro lado, abri e parei ao ver o que havia em minha cama.

Um ninho.

Caminhei na ponta dos pés em sua direção, estudando a estrutura e memorizando seus padrões.

Lindo, pensei, meu suspiro saiu em um exalar reverente.

Nunca vi um ninho antes. Ômegas eram raras no Território Andorra. Caramba, eram raras, ponto final. Sendo que aqui eram ainda mais, já que não víamos o nascimento de uma há mais de cinco décadas. Outros territórios tiveram mais sorte, com ciclos de acasalamento mais regulares, enquanto Andorra era preenchido por Alfas e Betas, e apenas um punhado de Ômegas já reivindicadas.

Daí a necessidade da troca com o Território das Terras Sombrias.

Se as Lobas Ash se provassem viáveis para procriação e acasalamento, nossos problemas estariam resolvidos. Bem, em grande parte. Ainda havia aqueles que acreditavam que apenas uma Loba da X-Clan serviria, mas eu me via ficando menos e menos exigente a cada minuto. Especialmente com a bela loira que dormia tranquilamente no meio da minha cama.

Ela levou meu convite para fazer um ninho a sério, cercada por lençóis macios e enrolada em uma das toalhas. Ou talvez fosse a mesma em que a envolvi depois do banho.

E ela usou a camisa que forneci como travesseiro.

Eu sorri. Quer ela percebesse ou não, se banhou no meu cheiro com eficiência. Eu até gostei disso.

Daciana abriu os olhos lentamente, revelando um par de belos olhos azuis que me encararam. Ela não se assustou nem se encolheu, apenas me observou enquanto eu a olhava, os dois esperando que o outro desse um passo.

Eu queria levá-la para correr, dar um passeio por sua nova casa. Mas encontrá-la dócil e doce assim deu origem a muitas outras ideias.

Como me enfiar em seu ninho e abraçá-la.

Beijá-la com vontade.

Acasalar com ela em seu pequeno refúgio seguro e deixar meu cheiro para que ela procurasse conforto mais tarde.

Vivi quase cem anos desejando uma companheira. Agora que finalmente tinha uma candidata viável, queria reivindicá-la como minha antes que qualquer outro tivesse chance. Ninguém me culparia. Nem mesmo Ander. Mas o passado de Daciana exigia que eu agisse com cuidado. Se eu a tomasse do jeito que meu lobo desejava, ela me veria da mesma forma que os Alfas que destruíram sua mãe. E eu me recusava a deixar isso acontecer.

— Você está com fome? — perguntei baixinho. — Fiz o café da manhã.

Ela esticou os braços sobre a cabeça, suspirando quando sua pele nua tocou a seda das roupas de cama.

— Não dormia assim há... — Ela parou, franziu o nariz e suspirou novamente. — Bem, faz muito tempo.

Sorri.

— Quer ficar deitada em seu ninho o dia todo ou prefere sair para correr? — Não a culparia se ela quisesse ficar. Ela passou por momentos difíceis, bem, por toda a vida, pelo que parecia.

— Não. Quero ver as montanhas. — Ela se sentou e a toalha deslizou de seus seios. Em vez de puxá-la de volta, ela suspirou, completamente relaxada. — Você fez ovos.

— Fiz sim.

Seu pequeno nariz franziu.

— E algo salgado.

— Bacon.

— Humm. — Ela me recompensou com um sorrisinho, o primeiro que vi desde que ela chegou. — Eu gosto de ovos.

— Eu também. — Me agachei para que nossos olhos ficassem ao mesmo nível em vez de eu pairar sobre ela. — Quer que eu os traga aqui ou prefere se juntar a mim na sala de jantar?

Seus olhos claros olharam com intensidade para os meus. Justo quando eu temia que ela pudesse cair em seu hábito de ficar em silêncio novamente, ela murmurou:

— Você está me cortejando.

— Sim. — Não havia motivo para esconder o óbvio. Todas as minhas cartas já tinham sido reveladas na noite anterior de qualquer maneira. Não que eu tivesse planejado que nada daquilo acontecesse. Mas quando Dušan ofereceu levá-la de volta, reagi instintivamente, afastando a possibilidade de troca. Eu queria ser aquele que a ajudaria a se curar, pois meu lobo já decidiu que ela era minha. Não sabia quando ou como aconteceu, mas não podia lutar contra o destino.

Ela mergulhou novamente em seu estado contemplativo, me examinando atentamente.

Então assentiu.

— Está bem. — Uma resposta simples que parecia implicar muito mais. Aceitação, acima de tudo. Mas também um toque de alívio. E, talvez, de prazer.

Ela saiu de seu ninho, seu corpo pequeno completamente revelado. Pela primeira vez, me permiti examinar sua forma.

Daciana estava um pouco magra para o meu gosto, mas isso poderia ser corrigido com refeições decentes. Ela era cerca de trinta centímetros mais baixa do que meus um metro e noventa e três. Seus ombros eram esbeltos. Seus seios quase cheios. Os quadris, bem femininos. Os cachos íntimos eram loiros como sua cabeça. E as pernas eram bem formadas, de uma maneira que me dizia que ela gostava de correr.

Dei um passo à frente depois de terminar de admirá-la e peguei o olhar dela com o meu.

— Você é uma mulher bonita, Daciana — eu disse a ela, acariciando sua bochecha.

Ela não respondeu, as íris azuis fixadas nas minhas.

Tão pensativa.

Não era desconfiança que eu via espreitar em seus olhos, mas curiosidade, enquanto ela esperava para ver o que eu faria em seguida.

Inclinei a cabeça, sem querer assustá-la, e pressionei os lábios nos dela. Pretendia que fosse uma provocação rápida, uma prova do futuro que estava por vir, mas no momento em que nossas bocas se tocaram, meu controle vacilou.

Entrelacei os dedos em seus cabelos, a puxei para mais perto e minha língua deslizando para dentro para encontrar a dela. Ela deu um gemido surpreso e agarrou meus braços para se equilibrar, depois se derreteu em mim no mais doce suspiro.

Ah, essa fêmea redefinia o significado de perfeição.

Ela se encaixou em mim como uma peça de quebra-cabeça que eu não percebi que estava faltando no grande esquema da minha vida. E agora que ela se agarrou a mim, eu não podia deixá-la ir.

Apoiei a palma da mão em suas costas, a minha outra permanecendo em seu cabelo para inclinar sua cabeça e aprofundar nosso beijo.

Um grunhido baixo floresceu dentro de mim, não destinado a intimidar, mas um som de pura necessidade.

Isso fez com que a fêmea paralisado, mesmo enquanto eu podia sentir o cheiro da sua umidade pelo ar. Ela me queria, seu corpo respondeu naturalmente ao meu chamado, mas a tensão em sua espinha me fez hesitar.

Afastei os lábios dos dela, observando sua expressão em busca de uma pista.

Um terror absoluto me encarava, as pupilas tão dilatadas que eu não conseguia ver o azul de suas íris. Franzi a testa, confuso.

Seu desejo impregnava o ar, seu corpo claramente aceitando meus avanços.

Mas aquele olhar horrorizado em seus olhos não era de submissão ou prazer.

Será que ele estava ali o tempo todo? Será que interpretei mal suas pistas quando ela retribuía meu beijo? Ou eu a assustei com o meu rosnado?

— O que houve? — perguntei baixinho. — O que fiz para merecer esse olhar de você? — Afrouxei minha pegada e soltei seu cabelo para acariciar seu pescoço. — Fale comigo, Daciana. Preciso saber o que fiz para não cometer o mesmo erro novamente.

Ela estremeceu, sua garganta se moveu silenciosamente enquanto um tremor violento a atravessava. Eu a levantei em meus braços e a acomodei em seu ninho, tentando cercá-la com a segurança que ela claramente ansiava.

— Vou trazer os ovos para você — eu disse, dando um beijo em sua testa. — Mas uma vez que você se acalmar, espero uma resposta.

Porque eu não poderia ajudá-la se ela não quisesse falar comigo.

Eu a deixei em seu casulo, entrei na cozinha para pegar os pratos do café da manhã, agora frios, e os levei para o quarto. Ela estava sentada, com os olhos alertas e menos aterrorizados quando voltei. Coloquei os pratos na mesa de cabeceira, puxei uma das cadeiras da área de estar e a posicionei ao lado da cama. Daciana observou cada movimento, me lembrando da maneira como um cordeiro poderia observar um lobo em seu encalço. Quando me sentei e entreguei a comida, ela a aceitou e pegou o garfo que estava sobre os ovos.

Comemos em silêncio, engajados nesse jogo de olhares que ela parecia preferir.

Analisando.

Considerando.

Esperando.

Desta vez, seria ela a quebrar o silêncio. Não eu.

E ela devia ter percebido isso porque, uma vez que terminou cada pedacinho de seu prato, ela limpou a garganta e me recompensou com toda a sua atenção.

— Eles rosnaram quando a pegaram. Fizeram com que ela quisesse, mesmo enquanto gritava para que parassem.

— Jesus — suspirei, sentindo meu estômago se revirar com o café da manhã que acabei de devorar. — Caramba, Daciana. — Eu não fazia ideia do que mais dizer.

Na verdade, não, isso não estava certo.

Do jeito que ela descreveu...

— Você estava lá? — perguntei, e um horror recém-descoberto entrou em meus pensamentos. — Eles te machucaram também?

Ela balançou a cabeça rapidamente, depois assentiu, e então negou novamente.

— Não. Quer dizer, sim. Eu... eu estava perto. Mas eles nunca me tocaram.

— Por quê? — perguntei em voz alta, então percebi como isso soava. — Desculpe, isso saiu errado. Só não estou entendendo, porque você é Ômega. — Por que escolheriam uma Beta em vez dela? Não que eu *quisesse* que eles a tocassem. Simplesmente não fazia sentido.

— Esses Alfas preferiam a dor. — Ela engoliu em seco, fechando os olhos. — Betas não aguentam como... como eu.

— Eles forçaram os nós sobre ela — conclui em voz alta, enojado. Havia uma razão pela qual os Alfas preferiam Ômegas, e ia além da procriação. Seus corpos eram construídos para receber nossa marca.

E agora fazia sentido.

— Te mantiveram por perto para facilitar sua excitação — porque ser capaz de sentir o cheiro da Ômega permitiria que eles enganassem seus corpos para responder.

Já estive com minha cota de Betas, as usei para satisfazer minhas necessidades mais brutais, mas nunca assim. E *sempre* oferecia o cuidado necessário depois.

— É bom que o Dušan tenha matado aqueles Alfas — acrescentei, e minha voz soou em um rosnado baixo. — Senão, eu estaria a caminho do Território das Terras Sombrias para apresentar esses idiotas a um verdadeiro Alfa. — *Puta merda.* Esse tipo de tratamento era muito errado.

Já matei uma fêmea durante o sexo antes? Sim. Uma humana. Depois de compartilhá-la com Ander.

Uma vez.

LEXI C. FOSS

Nunca mais.

Porque nenhum de nós podia suportar as consequências.

Por isso, exigi que Ceres transformasse nossa adição mais recente em metamorfo. Eu tinha a intenção de seduzi-la com Ander, mas precisava que ela fosse inabalável primeiro. Claro, ela acabou se revelando parte loba do X-Clan e também Ômega. Então esse plano dissolveu quase imediatamente.

Mas a questão era...

— Isso está errado. — Balancei a cabeça, tentando afastar as imagens que se rebelavam em minha mente. — Muito errado. Um rosnado de acasalamento é feito para seduzir, não para ser usado como meio de estupro.

— Se é verdade, por que isso deixa uma fêmea úmida, mesmo quando ela não quer ser excitada? — Daciana contestou, seu olhar irradiando uma inteligência que só aumentava sua atração.

Peguei o prato dela, o coloquei em cima do meu, e os dois no chão, antes de me ajoelhar na cama. Ela se deitou, e seu pulso acelerou enquanto me observava com aquele olhar constante que ela parecia preferir.

— Os Alfas estão no topo da hierarquia por uma razão. Somos mais fortes e rápidos, o predador literalmente no topo do mundo. Está em nossa natureza querer acasalar, dominar, reivindicar. E, por isso, nos foram dados certos dons que nos permitem garantir que nossos objetivos sejam alcançados. — Deslizei para dentro de seu ninho, prendendo-a entre meus braços. — Podemos pegar o que queremos, quando queremos.

Ela engoliu em seco, seu corpo completamente imóvel sob o meu.

— Eu sei.

— Sim, você está certa — concordei, inclinando a cabeça. — Mas só porque um Alfa pode fazer algo, não significa que ele deva. O rosnado é feito para seduzir, e quando usado apropriadamente, pode levar a resultados gratificantes para ambas as partes envolvidas. — Me inclinei para baixo, rocei o nariz em sua bochecha e pressionei os lábios em seu ouvido. — Eu poderia te tomar agora mesmo, aqui, no refúgio seguro de seu ninho. Você iria gostar. Gritaria meu nome. Gozaria em meu pau enquanto eu te daria meu nó tão profundamente que doeria para respirar.

Uma nota de medo se misturou ao doce cheiro de sua excitação, indicando uma batalha iminente dentro dela, já que seu corpo discordava das memórias de sua mente.

Sua loba me queria.

Disso eu não tinha dúvidas.

Mas sua mente, bem, essa precisava de mais convencimento.

— Nós dois sabemos o quanto seria fácil forçar sua aceitação, pequena — sussurrei, lambendo sua orelha. — Posso sentir seu interesse até agora. Mas não vou transar com você ainda, Daciana. — Rocei o nariz em seu pescoço, depois me afastei para olhar profundamente em seus olhos. — Quer saber por que, linda?

Rocei os lábios nos dela, mantendo o olhar fixo o

tempo todo, percebendo sua incapacidade de falar sob o bombardeio de sensações que acabei de despertar.

Ela gostou do que eu estava fazendo, e parte dela queria que eu a tomasse à força, já que isso lhe daria um motivo para me odiar.

Infelizmente para ela, eu sabia que não deveria. Porque, ao contrário dos Alfas de seu conhecimento anterior, eu mantinha um controle absoluto sobre meus impulsos. E nunca os usava para ferir deliberadamente outro lobo.

— Não vou te comer, porque é o dever de um Alfa respeitar sua fêmea. E sei que você não está pronta, mesmo que seu corpo diga o contrário. — Rocei os dentes em seu lábio inferior, rosnando baixo para enfatizar meu ponto. — Você está certa sobre os rosnados provocarem certas reações, é por isso que cabe ao Alfa distinguir a diferença entre consentimento e prazer forçado.

Ela tremeu debaixo de mim, revirando os olhos em êxtase enquanto a umidade escorria entre suas coxas... em resposta ao meu chamado e ao meu toque.

Tracei a boca por sua mandíbula e de volta para sua orelha. Então, falei:

— Não tenha dúvidas, Ômega. Forçarei seu prazer, mas sempre será porque você quer. Não porque usei um rosnado para umedecer suas coxas. — Selei os lábios sobre seu pulso, sugando de leve antes de soltá-la. — Agora vamos correr. Acho que a atividade física será boa para nós dois.

DACIANA

MINHAS PERNAS TREMIAM A CADA PASSO.

Não por causa da neve que cobria minhas botas novas, ou o jeito que minha calça se prendia nas panturrilhas, nem mesmo pelo esforço para subir esse caminho invernal da montanha.

Não, minhas coxas tremiam por causa de Elias.

E suas palavras.

O jeito que seus dentes roçaram meu pulso.

Sua dominação.

Calor.

Ah, o jeito que senti seus lábios em minha pele.

Fechei os olhos, lembrando de cada sensação de novo, e quase gemi enquanto a dor profunda dentro de mim ficava mais intensa e inquieta.

Ele também sabia. Foi essa a finalidade de seu show de dominação no quarto. Ele queria me mostrar com que facilidade poderia me tomar, independentemente do meu consentimento mental. Assim como ele me forçou a ver o quanto mantinha bem o desejo sob controle.

Porque não havia dúvidas de que ele me desejava. A evidência disso era um óbvio volume em sua calça de moletom enquanto Elias me prendia sob seu corpo muito maior. Mas ele não se esfregou em mim ou buscou gratificação. Tudo isso foi uma demonstração de sua habilidade e seu controle.

E também provou que Elias sabia ler lia muito bem a linguagem corporal, porque no momento em que reagi ao seu rosnado, ele parou e exigiu saber por que eu tinha paralisado. Mas em vez de me fazer responder imediatamente, ele me permitiu comer.

Esse homem era um enigma ambulante.

Eu não o entendia.

Ele não reagia como um Alfa deveria.

Ou talvez... talvez ele estivesse agindo como um verdadeiro Alfa deveria, e os Alfas da minha experiência não eram verdadeiros.

Porque cada homem que passávamos no caminho para essa trilha me olhava com leve curiosidade, mas nada além disso. Ninguém tentou me tocar. Ninguém me chamou de pequena. Ninguém diminuiu minha herança Ômega. Ninguém disse uma única palavra dura, apenas uma saudação, no máximo, antes de nos deixar com a nossa tarde de exploração.

Elias me mostrou a praça da cidade.

Ele explicou as várias ruas, como elas se conectavam, quais caminhos tomar para sair da cúpula e, em seguida, foi além, me mostrando os protocolos de saída. Assim, chegamos ao nosso local atual na encosta da montanha, longe do vidro protetor que cobria o território dele.

— Vocês têm medidas de proteção contra os Infectados? — perguntei enquanto caminhávamos.

— Não são necessárias. Eles não vêm até aqui — ele respondeu. — Somos imunes a eles. Eles não gostam do nosso sabor ou de como reagimos à proximidade, então ficam longe. É por isso que uma colônia de humanos vive nas cavernas ali — ele apontou para o oeste.

— Vocês permitem que humanos morem por perto?

Ele deu de ombros.

— O Ander permite. Contanto que eles fiquem longe do nosso caminho, não os incomodamos. Embora, de vez em quando, sejam bons para entretenimento.

— Para sexo?

Ele olhou para mim, com diversão brilhando em seu olhar.

— Para alguém com tanto medo de acasalar com um Alfa, você parece bastante focada em sexo, princesa.

Eu bufei.

— Você é um Alfa. Tudo o que você pensa é em sexo.

— Sou um homem, baby. Esse fato impulsiona meus instintos em primeiro lugar — ele parou para observar nossos arredores enquanto acrescentava —, e não, não uso humanos para sexo. Eles se destroem muito facilmente.

— Você usa Betas, então.

Um músculo tensionou em sua mandíbula antes de me olhar.

— Nunca dei um nó em uma Beta. Mas sim, durmo com Betas. Porque não temos Ômegas.

— Exceto eu. — E aquela outra fêmea que eu continuava a sentir o cheiro.

— Exceto você — ele suspirou e esfregou a parte de

trás do pescoço com a palma da mão. — Merda. Sim, fiz algumas coisas com fêmeas de que me arrependo. Mas só matei uma, uma humana, e é por que não transo mais com elas. Quanto às fêmeas do meu passado, você conheceu duas delas durante nossa caminhada até aqui. É inteiramente consensual e eu cuido delas.

Conheci duas delas? Quase perguntei quem, mas ele deu um passo ameaçador à frente, a irritação emanando dele.

— Espero que isso tenha sido informação suficiente para você, princesa, porque não discutirei esse assunto novamente — ele segurou meu queixo, me segurando com firmeza, mas não de forma brusca. — Gosto de sexo violento e sim, prefiro dor com meu prazer. Sou um Alfa. Exijo submissão. Mas não mato fêmeas por diversão. — Ele tensionou a mandíbula, o que me fez franzir a testa.

— O que mais? — perguntei, percebendo a indecisão em seu olhar. — O que mais você quer me dizer?

Ele respondeu com um rosnado, mas não era do tipo sexual, apenas um aviso baixo de que eu o pressionei além de algum nível de conforto.

— Recentemente, ordenei a Ceres para transformar uma humana em loba para que eu pudesse transar com ela. Algo nela despertou meus instintos de Alfa. Curiosamente, ela tinha genética de Ômega. Agora ela é uma Ômega do X-Clã. — Ele me soltou. — O Ander pretende reivindicá-la.

Ah, aquela era a fêmea que eu estava sentindo o cheiro.

Interessante.

Elias esperou, sua expressão endureceu quando eu não disse nada em resposta. Se ele esperava que sua confissão me incomodasse, isso não aconteceu. Cresci ao redor de Alfas que fizeram coisas muito piores com humanos e outros.

O que me irritou mais do que suas ações foi o fato de que ele a quis o suficiente para transformá-la em loba.

Isso denotava uma conexão, uma que ele pretendia explorar.

— O que teria acontecido se Ander não a tivesse reivindicado?

— Ele ainda não a reivindicou — ele corrigiu. — Mas é um ponto sem importância. Ela já está grávida do filho dele.

— E se ele não tivesse reivindicado?

— Você está perguntando se eu a teria cortejado? — ele retrucou, arqueando uma sobrancelha.

Ergui o queixo, arqueando a minha.

— Você a teria cortejado?

— Nunca tive chance de ver se havia conexão entre nós, então não sei. — Ele se aproximou e o calor do seu corpo envolveu o meu, mesmo através de nossas roupas. — Ela não me chama como você faz, se é isso que você quer saber.

— Na verdade, não tenho certeza do que quero saber — admiti, olhando para seus olhos cor da meia-noite. Eram tão hipnóticos, como poços de força nos quais eu ansiava me perder. Isso me assustava e fascinava ao mesmo tempo. — Acho que nunca conheci alguém como você, Elias.

Ele curvou um pouco os lábios.

— O sentimento é mútuo, princesa. — Ele inclinou a cabeça para o lado. — Pronta para correr?

Observei a paisagem, considerando o campo infinito de neve e árvores ao nosso redor.

— Tem certeza de que não há Infectados? As Lobas Ash não são imunes às criaturas zumbi da mesma forma que a sua espécie, então preciso ter cuidado.

— Positivo — ele respondeu. — Eu não te colocaria em perigo, Daciana.

Voltei a atenção para ele, notando a sinceridade em seu olhar.

— Certo. — Eu ansiava por liberar minha fera interior, experimentar o novo terreno sob minhas patas e rolar nas montanhas de neve fofa que nos cercavam. Tudo era tão bonito e diferente da minha casa.

Sem mencionar os cheiros.

Humm.

Sim.

Tirei o suéter, botas e calças, peças que Elias me forneceu, alegando que eram presentes da doutora Riley. Dobrei as roupas emprestadas com cuidado e me virei para encontrar Elias nu como eu.

Oh.

Ver um homem nu não era novidade. Metamorfos andavam sem roupas o tempo todo.

No entanto, ver esse homem nu era ... bem, era muito novo. Muito novo mesmo.

Porque, hum, uau. Sim. *Espécime lindo* eram duas

palavras que me vinham à mente. Suas linhas eram esculpidas de músculos sólidos da cabeça aos pés, o que era bastante típico para um metamorfo, mas nele parecia mais intenso. Mais masculino. Mais sedutor.

Dei um passo à frente, sentindo os dedos coçarem para ver se ele era tão duro quanto parecia. Tracei as saliências e vales de seu torso, determinei que ele era excepcionalmente firme e quente também.

Macho viril, minha loba avaliou. *Meu macho.*

Pressionei o nariz contra o peito dele, inalei profundamente e suspirei com seu cheiro agora familiar: um perfume amadeirado que me ajudou a adormecer no melhor sono da minha vida.

Ele se inclinou para cheirar meu cabelo, roçando os lábios no topo da minha cabeça.

Passei os braços ao redor de sua cintura, puxando-o para mais perto, me perdendo em sua masculinidade e força. O desejo de escalar seu corpo, de prender meus lábios nos seus, me atingiu em cheio no abdômen, arrancando um pequeno gemido dos meus lábios.

Seu peito vibrou em resposta.

Não em um rosnado, mas naquele som reconfortante de ronronar que eu apreciei no laboratório. Esfreguei a bochecha contra o músculo peitoral dele, logo acima de seu coração, ansiando por ouvir aquilo de novo, e ele me presenteou com outro ronronar suave.

Relaxei contra ele, sentindo calor apesar da terra fria sob meus pés descalços.

Ele me envolveu com os braços, me segurando firme e com os lábios em meu cabelo.

— Obrigada — sussurrei, me aninhando nele. — Obrigada, Elias.

Desta vez, ele permaneceu em silêncio, talvez incerto sobre como responder. Um sorrisinho apareceu em meus lábios com a ideia de que eu tinha deixado o Alfa sem palavras. Também gostei bastante da reação que senti contra meu baixo ventre, onde a parte bem-dotada dele se encostava em mim.

Quente.

Duro.

Alfa.

Um inferno se agitou dentro de mim, lubrificando minhas coxas em resposta, mas não cedi ao desejo. Queria correr primeiro. E ainda mais do que isso, eu desejava conhecer o lobo dele.

— Me mostre a sua pelagem — sussurrei, soltando-o. — Nunca conheci um Lobo do X-Clan.

— Assim como eu nunca conheci uma Loba Ash, pelo menos não em forma de lobo. — Ele deu um passo para trás, me olhando com conhecimento. — Vou mostrar o meu se você me mostrar a sua.

— Acordo fechado. — Me concentrei para acariciar minha loba interior, chamando-a, e sorri quando ela imediatamente seguiu o meu comando.

Me transformar sempre doía de uma forma agradável, como se eu estivesse renascendo na minha verdadeira forma. Eu muitas vezes preferia ser loba, optando por permanecer de quatro por dias seguidos. Minha mãe costumava me chamar de solitária. Outros me provocavam por causa do meu tamanho menor em comparação com os do meu vilarejo. Mas eu era a única Ômega. Todos os outros eram Alfas e Betas, e claramente maiores como resultado.

Minha loba podia ser um pouco mais baixa em estatura, mas isso me ajudava a correr mais rápido que quase todos que eu conhecia. Eu também podia me encaixar em espaços onde eles não conseguiam, me permitindo me esconder quando necessário.

O que acontecia com mais frequência do que eu gostaria de admitir. Mas eu encontrava um santuário na minha metade animal, gostando de me enterrar e esperar.

Paciência era uma das minhas maiores forças, era assim que eu sobrevivia em um mundo de loucura.

Muitos optavam por usar seus dentes ou punhos. Eu escolhia minha mente. Eu observava. Assistia. Esperava o momento certo para reagir. E não mudaria isso por nada.

Com um suspiro, abri os olhos e sacudi meu pelo cinza. Havia listras marrons em partes diferentes, assim como manchas brancas, me dando uma cor mais clara que me permitia me misturar com as florestas com facilidade.

Embora, aqui, certamente me destacaria contra a neve. No entanto, no verão, eu esperava me esconder perto dos troncos das árvores e da terra, como eu fazia em casa.

Uma mordida em minha perna me fez girar para encarar um gigantesco lobo preto de olhos negros.

Nossa.

Elias era enorme.

E incrivelmente bonito.

Caminhamos um ao redor do outro, cheirando, roçando e nos apresentando novamente. Seu aroma de madeira e especiarias permanecia, mas sua pelagem era mais suave do que qualquer coisa que já senti, assim como imaginei que a minha parecesse um pouco desgrenhada para ele.

Ele encostou a cabeça na minha no nosso terceiro círculo, o carinho nesse toque me fez retribuir o gesto. Ele ronronou, me presenteando com outro daqueles sons únicos. Em resposta, me inclinei para ele, buscando mais daquela força glorificada.

Nossos lobos pareciam se encaixar, seu tamanho me superando da melhor maneira possível.

Pulei ao redor dele, animada, curiosa para ver com que rapidez ele poderia correr.

Suas orelhas se ergueram, sentindo o desafio em mim. O olhar ardente dele me desafiava a iniciar a perseguição.

Eu sabia o que aconteceria se ele me alcançasse.

O Alfa nele me forçaria a me submeter.

E quando voltássemos ao nosso estado humano, ele me comeria como resultado.

Era por isso que ele me deu a escolha de iniciar o jogo, para garantir que eu entendesse as apostas.

Eu não era mais virgem. Mas também não tinha experiência.

Meu primeiro cio foi com um macho Beta. Ele não me satisfez, seu sêmen nem mesmo forte o suficiente para fecundar meu útero.

Depois dele, passei todos os meus cios sozinha nas florestas, onde ninguém podia me encontrar ou sentir meu cheiro. Cada vez doía mais do que qualquer outra coisa em minha existência, e minha intensa necessidade de procriar estava sempre insatisfeita. Mas eu preferia isso a me deitar com um macho indigno.

Algo que esse macho não era.

E algo me dizia que me esconder nas florestas do Território Andorra não ia funcionar para o meu próximo cio.

Eu tinha que escolher.

Esse era o meu propósito para estar aqui: seduzir um macho Alfa. Acasalar. Provar se as Lobas Ash e os Lobos do X-Clan podiam procriar.

Elias tomou a decisão de me cortejar.

A escolha de aceitar o cortejo era minha.

Apenas dois dias na companhia desse macho e eu já sabia tudo o que precisava saber sobre ele. A maioria dos lobos levava menos tempo para determinar a viabilidade de um acasalamento. E, se eu fosse honesta comigo mesma, soube desde o momento em que o conheci que ele era um candidato viável.

Forte, poderoso Alfa. Minha loba teria sorte em chamá-lo de companheiro baseada apenas nessas características.

Ainda assim, era o pacote completo que eu desejava agora.

Sua preocupação com o meu bem-estar.

Sua natureza protetora.

A forma como ele permanecia paciente, esperando o meu próximo movimento.

Como ele me permitia meus momentos de paz e contemplação.

Seu presente do ninho.

Ele já provou ser um lobo digno. Era hora de dançarmos, de testarmos os limites de nossa companhia da maneira mais antiga.

Me pegue se puder, Alfa, disse a ele com os olhos, e então saí correndo pela montanha em disparada.

ELIΛS

DACIANA ERA SIMPLESMENTE MAGNÍFICA. Sua coloração cinza era diferente de qualquer coisa que já vi. Eu poderia ficar horas olhando para ela e nunca me cansar, mas ela tinha outra atividade em mente. Ela correu pela trilha a uma velocidade que chamava o predador dentro de mim.

Eu a segui com um sorriso lupino, adorando a maneira como suas patas tocavam de leve a terra a cada galope. Ela mal deixava marca na neve, com passos rápidos e eficientes.

Qualquer fraqueza que a acometeu após a visita ao laboratório ontem tinha desaparecido, graças a uma noite inteira de descanso e um café da manhã saudável. Era um dos muitos benefícios de ser metamorfo, mas isso não significava que eu deixaria Ceres se aproximar dela novamente. As contusões sumiram e eu pretendia garantir que ninguém a tocasse ou machucasse novamente.

As únicas marcas que eu queria em sua pele eram aquelas proporcionadas no calor da paixão. Marcas que ela iria apreciar receber.

Chega de laboratórios.

Chega de experimentos.

Faríamos isso do jeito antigo.

Ela correu para a esquerda, em direção às árvores. Eu a segui, pulando por cima de troncos e montes de neve, perseguindo minha futura companheira enquanto ela brincava em seu novo território. Meus sentidos permaneceram alertas, protegendo cada passo dela, garantindo que não houvesse ameaças por perto. Embora fosse raro um ser Infectado chegar tão longe em nossas terras, acontecia em ocasiões aleatórias. Ainda que o último tenha acontecido há mais de um ano.

Não tínhamos nada a oferecer para eles aqui, além de uma pequena caverna com algumas dezenas de humanos. Mas eles se protegiam muito bem, matando qualquer Infectado antes que pudessem chegar aos muros de nosso Território.

Isso não me impedia de ser cuidadoso agora, especialmente sabendo o quanto Daciana poderia ser suscetível a uma mordida.

Nosso filho seria imune?, me perguntei, perseguindo-a por uma descida que levava a uma das muitas alcovas escondidas da montanha. Quer ela quisesse ou não, Daciana estava percorrendo uma das minhas trilhas usuais e explorando com o seu faro.

Daciana pulou sobre um monte de neve espessa e, em seguida, partiu para outra corrida que mostrou sua agilidade e força. Era quase como se ela quisesse provar ser uma parceira digna, me dando um vislumbre do que ela poderia oferecer.

Meu lobo respondeu da mesma forma, mantendo o ritmo enquanto ela continuava a explorar, ao mesmo tempo em que proporcionava a segurança de que ela precisava para se sentir protegida.

A atitude dela começou lentamente a mudar de curiosa e brincalhona para algo mais enquanto corríamos. Ela olhou para trás, notou a minha proximidade, e partiu novamente.

Eu segui.

Ela correu mais rápido.

Então acelerei meu trote também.

Até que estávamos correndo em uma velocidade alucinante ao redor da montanha, e suas pernas a levavam em um ritmo incrível.

Meu nariz detectou um leve aroma de excitação emanando dela. Um sutil cheiro que ativou meus instintos.

Ah.

Ela queria que eu a alcançasse.

Isso era um teste de acasalamento.

Uma forma de ver se meu lobo poderia superar e dominar a dela.

Desafio aceito, pensei para ela. Não que ela pudesse me ouvir, mas logo entenderia.

Observando nossos arredores, rapidamente selecionei o lugar perfeito para derrubá-la. Eu só precisava conduzi-la para o lugar certo.

Uma mordida em seu calcanhar rendeu um grito agudo enquanto ela virava na direção que eu desejava.

Quando Daciana começou a se desviar, eu a mordi novamente, o que a fez rosnar. Se eu estivesse em forma humana, teria sorrido. Minha futura companheira dava alguns sinais óbvios. Foi assim que antecipei sua reação ao morder novamente sua perna.

Ela se virou em um rosnado, e eu a derrubei na pilha de neve, rolando colina abaixo e direto para um pequeno recanto na encosta. A imobilizei com minha boca sobre a garganta dela, meu corpo muito maior pressionando o dela contra a terra macia.

Minha.

Me acomodei sobre ela, esperando seu próximo movimento, esperando que ela se contorcesse ou tentasse lutar.

Ela não fez nada disso e, em vez disso, começou a voltar para a forma humana.

Imediatamente, soltei sua garganta, iniciando minha própria transformação para evitar machucá-la acidentalmente. Minhas garras e dentes com sua pele delicada não eram uma boa combinação.

Minha forma humana apareceu antes da dela, um indicativo da minha força superior, mas ela não ficou muito atrás.

Passei o nariz por seu queixo, inalando o fresco cheiro de fêmea flexível. Estávamos protegidos dos elementos aqui, enclausurados em uma pequena caverna revestida de terra e pedra. Cheirava a terra e lar, agradando imensamente meu lado animal.

— Você me pegou — ela sussurrou, seu coração batendo forte no peito. Eu podia ouvir o ritmo acelerado dele, sentia as vibrações como se fossem minhas.

— Peguei.

— Isso faz de você um companheiro digno, Elias do Território Andorra.

Sorri para ela.

— Bem, obrigado, Daciana do Território das Terras Sombrias.

Ela não devolveu meu tom bem-humorado, apenas me examinou daquela maneira estudiosa dela. Essa fêmea era diferente de todas as que já conheci, seus olhos raramente entregavam alguma coisa. Mas eu podia sentir seu interesse. Podia sentir o calor florescer entre nós também, sua lubrificação revestia suas coxas e instigava meus sentidos masculinos.

— Ninguém nunca me pegou antes — ela admitiu em um sussurro.

— Você costuma correr? — perguntei, observando-a com atenção.

— Sempre. — Ela envolveu as pernas em meus quadris, colocando seu centro molhado contra a minha ereção crescente. — A cada ciclo lunar, eu me escondo. Sozinha. Nunca reivindicada por um Alfa.

Engoli em seco, sentindo sua forma flexível irradiar necessidade intrínseca. Correr como meu lobo sempre me excitava, me deixando exaltado e pronto para fazer sexo.

E parecia que fazia o mesmo com ela.

Ainda mais desde que a peguei.

Ela parecia quase intoxicada por isso, se afogando

em sua febril necessidade de ser reivindicada pelo macho que a venceu.

— Você nunca recebeu o nó.

Ela balançou a cabeça.

— Não. Minha única experiência foi durante meu primeiro cio, muitos e muitos ciclos atrás. Com um Beta, amigo meu. Eu odiei.

Passei o polegar sobre sua bochecha, equilibrando meu corpo em meus antebraços, apoiados em cada lado de sua cabeça.

— Ele não conseguiu te satisfazer.

Outra negativa com a cabeça.

— Foi horrível.

— E você não confiava em nenhum dos outros Alfas que conhecia para não te machucar — acrescentei, meu palpite baseado na história que ela contou. — Então você se escondeu.

— Sim. Minha mãe me forçava a correr durante meu, ciclo porque ela sabia o que fariam comigo se eu entrasse no cio perto deles. Então, como covarde, eu corria, me escondia e nunca me pegaram.

— Não é covardia — eu disse, garantindo que ela sentisse a verdade disso em meu tom. — Você superou os Alfas. Isso te torna inteligente e corajosa.

— Minha mãe os distraía por mim — ela admitiu em voz baixa. — Na maioria das vezes, eles exigiam que eu ficasse por perto, mas ela sempre encontrava uma maneira de me ajudar a fugir durante a lua cheia.

Merda. Nem conseguia imaginar o que essas distrações exigiam.

—Já te perseguiram?

— Se o fizeram, nunca me pegaram — ela sussurrou, olhando para mim através de cílios loiros espessos.

— Até mim.

— Até você — ela concordou, se inclinando para mim. — Meu ciclo começa em breve. Na próxima lua cheia.

— Eu sei. — Era outra diferença entre as Lobas Ash e as do X-Clan. Nossas Ômegas entravam em cio em intervalos próprios. Mas Daciana não. Ela entraria em cio todos os meses, por vários dias de cada vez.

E sem um Alfa para satisfazer seus desejos, doeria. Nem conseguia imaginar o que ela passava enquanto se escondia todos os meses para evitar sua alcateia.

Não foi à toa que ela suportou toda aquela dor no laboratório.

Essa fêmea era fortalecida por seu passado, endurecida por suas escolhas necessárias.

Uma Ômega forte.

Minha parceira perfeita.

— Você vai me ajudar? — ela perguntou baixinho. — Ou devo correr e me esconder novamente?

— Você pode tentar — respondi, me inclinando para baixo para passar o nariz por seu queixo e levei os lábios até sua orelha. — Mas eu te perseguiria novamente. Te encontraria. E te comeria até você me pedir para parar.

Ela tremeu, seu centro úmido revestindo meu pau em uma nova onda de lubrificação.

Humm, parecia que ela gostava da ideia.

O pulsar do meu nó indicava que eu também gostava.

— Não sei se poderia te pedir para parar — ela murmurou, segurando meus ombros. — Só não rosne. Por favor.

Passei a língua por seu ponto de pulsação, saboreando o ritmo constante e rápido que vibrava sob sua pele. Quando a reivindicasse, eu morderia aqui. E seu leve tremor confirmou que ela também sabia disso.

— Sem rosnar — repeti, reconhecendo o limite dela em voz alta. — Algum outro pedido, Daciana?

— Não compartilhar. — As palavras foram tão baixas que quase não as ouvi.

— Nunca — eu disse, arrastando os dentes pelo seu pescoço antes de levantar a cabeça para capturar seu olhar com o meu. — Eu nunca te compartilharia.

Seus olhos azuis cintilaram com uma emoção que ela rapidamente escondeu por trás de uma máscara de coragem.

— Não me machuque.

Inclinei a cabeça um pouco, considerando.

— Não haverá dor sem prazer — ofereci em vez disso.

Ela franziu a testa.

— Nunca há prazer na dor.

— Pelo contrário, linda. Às vezes, o melhor prazer está envolto na dor. — Demonstrei mordendo seu lábio inferior, apenas o suficiente para fazê-la fazer uma careta, e depois lambi antes de me aprofundar em um beijo faminto.

Um gemido escapou de sua boca para a minha e ela

cravou as unhas em meus braços enquanto ondulava seus quadris, em um claro convite.

— Negociaremos dor e prazer à medida que avançamos — falei contra sua boca antes de nossos olhares se encontrarem novamente. — Algo mais?

Ela moveu a cabeça em negativa.

— Não. Mais nada.

— Se isso mudar, me diga — pedi, falando sério. — Isso só vai funcionar se nos comunicarmos.

Aquelas eram palavras que nunca disse a nenhuma outra mulher, principalmente porque nunca me importei com as outras com quem transei. Mas Daciana era diferente. Eu queria um futuro com ela, enquanto as outras eram apenas distrações passageiras destinadas a satisfazer meus instintos animalescos. E elas satisfaziam, assim como eu satisfazia os delas.

No entanto, esse momento agora ia muito além de um simples acasalamento.

Era uma introdução ao futuro.

Um relacionamento destinado a atravessar o tempo em si.

Um vínculo entre um Alfa e sua Ômega.

Daciana engoliu em seco e vi suas pupilas dilatarem quando ela pressionou os calcanhares em minha bunda.

— Eu aceito essas condições. — Ela pressionou a boceta encharcada contra meu pau e soltou um som impaciente que foi direto para o meu saco. — Me coma, Alfa. Me coma agora.

Desta vez eu mordi seu lábio inferior em repreensão.

— A única pessoa que dá ordens aqui sou eu.

— Então faça seu trabalho.

— Ah, pequena Ômega — eu disse, deslizando propositadamente através de seu calor úmido para posicionar a cabeça do meu pau em sua entrada. — É melhor se segurar firme, baby, porque estou prestes a te apresentar a um novo nível de prazer e dor.

DACIANA

GRITEI QUANDO ELE ME PENETROU. Meu corpo não estava nem perto de estar acostumado a acomodar um macho do tamanho e espessura dele. Cravei as unhas em sua pele dele, tensionando minhas pernas ao redor de seus quadris.

Por que foi que pedi por isso?, me perguntei, tonta. Eu sabia que ia doer. Sabia que ele se perderia no cio. Eu sabia que... *ah...* gostei da forma como ele me beijou. Como se ele se importasse. Ele segurava meu rosto entre as palmas das mãos, movendo os lábios de leve contra os meus, enquanto envolvia minha língua numa dança sensual que me distraía da dor.

Eu nem tinha certeza de quando os gritos pararam e nosso beijo começou.

Mas, agora, eu não queria que acabasse.

Ele tinha gosto de especiarias e homem, os lábios cheios e macios contra os meus. Tão sensual. Tão delicioso. Tão digno de suspiro.

Me derreti debaixo dele, sentindo meus músculos relaxarem.

E ele começou a se mover.

Foi então que percebi que ele não tinha se movido desde que me penetrou. Seu pau estava encaixado em minha entrada, me esticando e me forçando a acomodá-lo sem investidas dolorosas.

Agora, ele deslizava para dentro e para fora de forma quase que hipnótica. Cada movimento parecia acomodá-lo mais e mais profundamente, fazendo meus olhos se arregalarem de surpresa.

Ele não estava totalmente dentro de mim na primeira vez, percebi, sentindo meu coração acelerar.

Isso significava que ele não se perdeu no cio afinal.

Me maravilhei com a descoberta, enquanto um fogo começava a acender em meu baixo ventre, um fogo que queimava mais a cada vez que ele movia os quadris. *Mais*, pensei, acompanhando seu movimento com um meu.

— Ahhh — gemi em sua boca, arqueando de forma brusca contra Elias quando a sensação de prazer percorreu minha espinha. — De novo. — Inclinei a cabeça para trás contra o chão, enquanto contorcia meu corpo com a necessidade de mais.

— Você é uma coisinha mandona, não é? — ele provocou, empurrando seu pau dentro de mim com uma força que fez meus dentes baterem.

Deveria doer.

Mas não doeu.

Porque eu não conseguia sentir nada além da ardência dentro de mim.

Eu precisava de mais.

Do calor dele.

Sua força.

Sua boca.

Entrelacei os dedos em seu cabelo e o puxei para mim, beijando-o sem medo de punição ou rejeição. Peguei o que queria, como queria, e o incrível macho acima de mim permitiu.

Pressionei sua bunda com meus calcanhares, implorando para que ele me tomasse com mais força.

Ele tomou.

Cravei as unhas em seu couro cabeludo, exigindo que ele fodesse minha boca com a língua, assim como seu pau me estocava abaixo.

Ele obedeceu.

Tudo o que pedi, ele deu. Seu ritmo aumentou para combinar com meus gemidos. Ele girou o quadril contra o meu para me atingir onde eu mais desejava. E segurou meus quadris para me inclinar de uma maneira que fazia meu sangue ferver a cada investida.

Era perfeito.

O acasalamento mais incrível da minha vida.

Superava todas as minhas expectativas.

Porque ele me deixou liderar, apesar da minha posição embaixo. Eu podia sentir isso na forma como ele lia meu corpo, reagindo aos meus desejos e necessidades com manobras habilidosas próprias.

Eu não tinha ideia do que estava fazendo. Ele devia saber disso. No entanto, ele seguia minha liderança enquanto me ensinava pequenos movimentos ao mesmo tempo.

Como recebê-lo mais profundamente com uma inclinação leve do meu corpo.

Como beijar sem precisar de muito ar.

Como acariciar, provocar e enlouquecer um ao outro.

— Por favor — implorei a ele, precisando de algo que não conseguia articular. Cada vez que ele roçava meu clitóris, eu queria gritar. Não era suficiente. Nem mesmo as estocadas violentas conseguiam me levar ao clímax.

Talvez eu tivesse que estar no cio para gozar.

Nunca tinha tentado fora do cio.

O pensamento fez uma lágrima escapar dos meus olhos. Eu me sentia tensa, à beira de explodir, quase como quando entrava no ciclo sem um macho e nenhum alívio à vista.

Isso queimava.

Doía.

Me fez arranhar as unhas em suas costas com fúria.

Ele mordeu minha mandíbula em repreensão.

— Paciência.

Quase rosnei em resposta. A agonia me rasgava, trazendo mais umidade aos meus olhos, e eu sussurrei seu nome. Era um aviso e um pedido ao mesmo tempo.

— Vou te fazer gozar — ele disse, passando o nariz por minha bochecha. — E vamos voar juntos.

Eu não queria voar. Queria explodir. Para me livrar desse tormento crescente, para liberar o inferno que crescia dentro de mim e me enrolar em uma bola de silêncio.

Mas nunca gozaria.

Eu sabia por experiência, tinha vivido isso muitas vezes em um esconderijo de minha escolha. Só que agora eu tinha um homem que poderia me oferecer consolo, mas ele se conteve e eu não entendi o porquê!

Apertei a boca ao redor do tendão de seu pescoço, perfurando sua pele.

Seu peito roncou em resposta, me fazendo paralisar.

Mas não foi um rosnado.

Não exatamente.

Mais um som raivoso misturado com prazer.

Um gemido.

— Vou te dar o nó tão profundamente que você vai me implorar para te soltar, mas não vou fazer isso — ele disse, com a voz baixa e tentadora. — Puta merda, Daciana. Você está me apertando tão forte. De um jeito tão perfeito. — Ele me penetrou mais, o que fez nós dois gemermos.

Agora o cio estava o dominando.

Forçando-o em um padrão de violência.

Mas... eu gostei.

Cada investida doía, mas também aumentava a pressão que crescia dentro de mim, me aquecendo por dentro.

Eu o abracei, apertando as pernas enquanto eu me segurava nele com toda a minha força, recebendo o que ele me dava e exigindo mais.

Quente.

Firme.

Humm.

Seu sangue estava em minha boca da mordida que dei, e senti o aroma picante e masculino. Lambi os lábios, desejando provar de novo, mas eu não conseguia me mover, seu poder era demais para eu lutar. Eu o acolhi. Me deleitei com isso. Adorei cada encontro de nossos quadris.

Eu o senti crescer.

Senti o nó pulsar na base de seu pau.

Minhas paredes se contraíram, massageando a parte dele que eu ansiava sentir, implorando que ele se soltasse.

— *Puta merda* — ele gemeu. O som foi um sussurro em meu ouvido, enquanto seus lábios acariciavam meu pescoço.

É isso. Ele vai...

O nó saiu dele, se fixou profundamente dentro de mim e interrompeu meus pensamentos enquanto eu caía de cabeça no ápice.

— Elias! — gritei. Meu corpo tremia debaixo do dele, enquanto ondas e mais ondas de prazer me sacudiam dos pés à cabeça.

Ele xingou em resposta e meu nome escapou de seus lábios.

— Oh, oh, oh — eu continuava a dizer, enquanto minha realidade era substituída por algo tão fantástico e real, que eu não conseguia pensar além do êxtase que atingia meu espírito.

Isso continuou.

Me sugando sob seu feitiço e apagando minha visão.

Sim, sim.

Isso.

Eu nunca soube que poderia ser assim!

Elias se moveu.

O mundo mudou.

Eu permiti, sem me importar, perdida demais em

meu êxtase para me concentrar. Ele me manteve aquecida. Segura. Com os braços firmes ao redor das minhas costas.

Uma parte disso parecia estranha, já que antes eu estava no chão com minhas costas tocando a terra. Semicerrei os olhos e me vi com a cabeça contra o peito de Elias, as pernas abertas ao redor de sua cintura enquanto seu membro continuava a pulsar dentro de mim.

— Eu também nunca soube que poderia ser assim — Elias sussurrou. — Quer dizer, eu sabia, mas nada supera a experiência real.

Eu franzi a testa.

— Será que falei alto? — *Uau, é a minha voz?* Saiu rouca, como se eu tivesse gritado muito.

Ele riu, acariciando meu cabelo.

— Sim, baby. Mas continue, por favor. É ótimo para o meu ego.

Levantei a cabeça, equilibrando o queixo em seu peito.

— Eu duvido disso.

Um profundo ronronar respondeu à minha resposta. Meus ombros relaxaram instantaneamente e meu corpo todo ficou mole contra o dele.

— Eu adoro esse som — admiti.

— Eu sei — ele respondeu baixinho, com os dedos ainda em meu cabelo. — Eu gosto de como isso te acalma. — Seu toque desceu para as minhas costas, me acariciando para baixo e para cima, enquanto os tremores ainda vibravam nosso corpo. — Eu te machuquei?

— Não — respondi, sem nem precisar avaliar a pergunta. Se ele tivesse me machucado, o prazer no final teria compensado. E eu não mudaria nada em nossa experiência. Bem, exceto por uma coisa. — Você não me mordeu.

Eu estava preparada para isso. Esperava por isso. Mas não aconteceu.

— Humm, eu quis — ele admitiu, parando a mão no centro das minhas costas. Sua mão oposta se moveu para segurar minha nuca enquanto seus joelhos se dobravam de forma que me erguia um pouco, o que deixou nossas bocas pairarem próximas uma da outra. — Quando você entrar no cio em dois dias, vou te reivindicar, Ômega. De todas as formas. Isso foi apenas um ensaio.

— Ensaio? — repeti.

Ele sorriu.

— Sim. Estou te cortejando, lembra? — As palavras foram sussurradas contra meus lábios, provocando um arrepio pela minha espinha.

— Gosto do seu método de cortejar — respondi, apertando seu pau como prova. — Sinta-se à vontade para me cortejar a noite toda.

Ele me virou novamente de costas, uma mão permanecendo na nuca enquanto a outra subia para acariciar meu seio.

— É um convite para brincar em seu ninho, Daciana?

— É um convite para fazer o que quiser — eu disse a ele, falando sério.

— Isso é perigoso, linda. Você não faz ideia do

quanto eu quero fazer com você.

Na verdade, eu tinha uma boa ideia do que ele desejava. É por isso que sabia que ele tinha se segurado na nossa primeira vez.

— Você é um parceiro digno, Elias do Território Andorra — eu disse, repetindo as palavras anteriores. — Falei sério sobre meu cio. Eu gostaria que fosse você.

— Vai tentar fugir primeiro? — O tom provocador em sua voz me disse que ele poderia gostar disso. Mas eu sabia que não deveria jogar um jogo tão perigoso nesse território desconhecido.

— Não — sussurrei. — Porque eu não gostaria de correr o risco de alguém mais me pegar. — E isso poderia acontecer. Especialmente aqui, onde eu não tinha lugares conhecidos para me esconder.

Ele ficou sério, desviou seu toque do meu peito para meu rosto, e passou o polegar pelo meu lábio inferior.

— Ninguém mais vai te tocar, Daciana. Eu te disse: não compartilho o que é meu.

— Ainda não sou sua — lembrei a ele.

Elias inclinou a cabeça, com um brilho malicioso em seu olhar.

— Ah, linda, você já era minha no momento em que te levei para minha toca. Todos sabem. E em dois dias, vou tornar isso permanente. — Ele soltou meu rosto e acariciou minha barriga. — Vamos criar o futuro juntos, Ômega. O primeiro híbrido Ash e X-Clan.

— Assumindo que eu seja compatível. — Algo que ainda não sabíamos com certeza. — Nem sabemos se você pode me reivindicar como companheira. — Apenas o pensamento me deixava com o estômago embrulhado. Porque se Elias não pudesse me marcar como dele, eu seria enviada de volta ao Território das Terras Sombrias.

Minhas veias se encheram de gelo.

Eu não queria voltar para casa.

Porque eu não tinha um lar.

Queria que Elias se tornasse meu. Ficar com ele. Ser escolhida. Acasalar. Criar um futuro, como ele disse.

— Shh — Elias sussurrou, seu ronronar suave me envolvendo mais uma vez. — Nós vamos resolver isso, baby. Não desista antes de começarmos. — Seu nó se desprendeu, me deixando vazia por dentro.

Ele saiu de mim e nosso prazer compartilhado escorreu entre as minhas pernas.

Nenhuma sensação de vida pulsava dentro de mim.

Não havia bebê no meu útero.

Não que devesse haver um; eu ainda não estava no cio.

Mas o que aconteceria se a mesma sensação me atingisse em quatro ou cinco dias, quando eu emergisse do cio? Eu me encontraria não reivindicada? Sozinha novamente?

A simples perspectiva atingiu meu coração.

Em algum momento, decidi que Elias se tornaria meu, uma decisão perigosa quando eu não tinha escolhas nesse mundo. E essa, em particular, poderia ser facilmente tirada das minhas mãos.

O ronronar de Elias se intensificou e seus lábios traçaram minhas bochechas úmidas. *Estou chorando*, percebi. O pensamento de ele não ser meu me reduziu às lágrimas.

— Vamos agora, vamos voltar para a cúpula e jantar. Você vai se sentir melhor depois. Então talvez você possa me convidar para o seu ninho. — Ele roçou o meu pescoço e tocou seus lábios nos meus. — Tudo bem?

Engoli em seco, sentindo um nó obstruir minha garganta. Tudo o que eu podia fazer era concordar.

Me preocupar não adiantava nada. Eu sabia disso. Ele também. Só o tempo poderia nos dizer o que o destino reservava.

Por enquanto, eu tinha que continuar seguindo em frente. Focar no meu propósito. Buscar a verdade com o meu Alfa escolhido. E desempenhar meu papel nesse grande experimento.

Se descobríssemos que eu não poderia ser dele, eu enfrentaria a verdade então.

Enquanto isso, eu trabalharia em endurecer meu coração. Só por precaução.

Mas, à medida que o seguia de volta para nossas roupas na forma de lobo, achei essa tarefa impossível. A cada olhar dele para verificar meu ritmo, eu captava a devoção em seu olhar. Enquanto nos vestíamos, eu sentia o desejo dele por mim. E quando voltamos para o apartamento, experimentei o que a vida em seus braços poderia ser. Ele me abraçou no sofá, onde comemos uma refeição deliciosa que acariciou minha alma. Então Elias me levou para meu ninho e ficamos abraçados até altas horas da noite, seu ronronar como música para meus ouvidos.

Nunca me senti tão completa ou cuidada em toda a minha vida.

Elias me trouxe à vida da melhor maneira possível.

Em apenas alguns dias, ele me ensinou que eu podia amar.

E que ele poderia ser aquele com quem minha alma sempre sonhou.

Quando Dušan me enviou para cá, eu esperava ser despedaçada no laboratório e arruinada até o limite. A equipe dele podia ter me prometido cortejo, mas eu sabia que era melhor não acreditar. As palavras de Caspian no avião, a caminho daqui, foram as que levei como verdade, as brincadeiras que ele fez sobre como os Alfas me rasgariam com seus nós.

Ah, Elias me dividiu em dois, não havia dúvida sobre isso. Ainda assim, foi de uma maneira mais deliciosa. Uma que eu estava morrendo de vontade de experimentar novamente.

Apertei as coxas com o pensamento, minha umidade permeando o casulo do meu ninho.

— Você é um enigma — Elias sussurrou, com o peito contra minhas costas. — Em um momento, sinto medo e dor vindos de você. No próximo, excitação. Sua mente me fascina, Daciana. — Ele desceu a mão da minha barriga até o lugar onde eu mais o desejava. Ele assobiou, percorrendo minha intimidade com os dedos e subiu para circular o sensível ponto de prazer. — Você está encharcada, baby.

Suas palavras me deixaram ainda mais molhada e um pequeno gemido escapou da minha boca.

Nunca havia sido assim.

A maioria dos machos me assustava.

Esse me fazia lutar contra meus instintos, tentando

desesperadamente controlar meus hormônios e fracassando em ficar seca.

— Eu sei do que você precisa — ele continuou, aplicando pressão no meu clitóris. — Cavalgue em minha mão, baby. — Seus lábios acariciaram meu pescoço, sua excitação cresceu contra minha bunda.

Nós dois entramos nus em meu ninho. Peguei a camisa de Elias sem dizer uma palavra, adicionando-a ao meu santuário antes de tirar sua calça e colocá-las na cômoda. Ele não se mexeu, me permitindo liderar novamente e apenas observou enquanto eu me despi e entrei em meu refúgio seguro. Quando deixei espaço suficiente para ele entrar, Elias se juntou a mim.

Sem palavras.

Apenas movimentos.

E eu amava isso. Amava que ele me entendesse sem que eu precisasse falar. Essa habilidade já o tornava perfeito para mim.

Agora, eu movia os quadris contra sua mão, buscando o prazer que eu ansiava. Era lascivo e novo. Satisfatório também. Ele ronronou contra meu pescoço, sussurrou palavras obscenas no meu ouvido sobre como ele queria me prender novamente, me tomar por trás, na boca, de qualquer maneira que pudesse, várias e várias vezes.

Cada fantasia pintava uma imagem vívida na minha mente, me aproximando do meu objetivo.

Eu sabia o que ele estava fazendo: me preparando. Garantindo que eu entendesse exatamente o que ele pretendia fazer comigo durante meu ciclo de calor. Garantindo meu consentimento. E eu o adorava por isso. Ele não queria me surpreender, mas esperava minha submissão, permitindo que ele fizesse o que quisesse.

E eu descobri que queria tudo o que ele detalhava.

Até mesmo as descrições mais intensas.

Quando ele falou sobre me comer por trás, mantendo minhas mãos presas atrás das costas e meu rosto enterrado nos travesseiros, eu gozei. A imagem me atingiu em algum lugar profundo, a noção de entregar todo o meu controle a ele e confiar que ele cuidaria de mim durante meu momento mais vulnerável, me devastou.

Porque eu percebi que já confiava nele.

Um presente que nunca dei a ninguém, mas esse homem já o tinha conquistado em tempo recorde.

E só por isso, comecei a amá-lo.

Enquanto descia do ápice, me virei em seus braços e o beijei, permitindo que ele sentisse as emoções que despertava em mim. E, conforme ele deslizava seu pau na minha fenda molhada, eu sabia que dessa vez seria diferente. Uma acasalamento mais lento. Um destinado a permitir que nossos corpos se familiarizassem melhor.

Abri as pernas, o recebendo de bom grado, e gemi quando ele me empurrou para trás para se acomodar em cima de mim.

O peso dele parecia certo.

Seu beijo perfeito.

Suas mãos percorrendo minhas laterais, eram marcas que me reivindicavam como sua.

Seu pau se encaixou perfeitamente em meu calor úmido. Minha dor anterior havia desaparecido há muito tempo, substituída pelo conhecimento do prazer que estava por vir.

Ele me tomou devagar e de forma minuciosa, seu nó se movendo cada vez mais alto a cada estocada.

Estávamos fazendo amor.

Adorando um ao outro.

Adorando nossa união.

Memorizando.

Arqueei contra ele e ele deslizou mais fundo, acariciando a parte de mim que trazia lágrimas aos meus olhos.

Dessa vez, não falamos. Não havia mais palavras obscenas. Apenas nós, nosso ninho, e os sons de nossos corpos se unindo. Outra parte do meu coração se entregou a ele naquele momento, fazendo minha alma se fundir à dele.

Nossos gemidos se misturavam no ar quando seu nó encontrou seu lugar bem dentro de mim, sua semente preenchendo meu útero e me levando ao orgasmo mais uma vez.

Sorri contra sua boca, prosperando em nosso êxtase compartilhado. Isso me seduziu a um estado lânguido, que fez meus olhos se fecharem até que nada além de estrelas existisse atrás das minhas pálpebras.

Humm, sim.

Eu queria ficar aqui para sempre.

E foi o que fiz.

Minha consciência deslizou para um estado de sono, mesmo enquanto ele continuava a gozar dentro de mim. Talvez, se eu tivesse sorte, ele me acordaria de maneira semelhante.

ELIAS

— CHEGA DE EXAMES — eu disse, colocando a xícara de café na bancada com uma finalidade que reverberou pela minha cozinha.

Ander estava do outro lado, com os braços grossos cruzados.

— Ceres não percebeu o quanto as tiras estavam apertadas porque ela não mencionou, E. Você não pode culpá-lo por isso. Isso está atrapalhando nossa missão.

— Nossa missão é descobrir se ela pode procriar com um lobo do X-Clan, e eu terei essa resposta para você dentro da próxima semana. — Isso não era negociável. Não haveria mais experimentos. Nem um outro furo ou cutucada. Nenhuma outra visita ao laboratório. — Ela é uma loba, Ander, não um objeto de teste.

Ele soltou um suspiro.

— Considere isso de um ângulo diferente. É possível que Ceres possa fazer algo para aumentar sua capacidade de conceber. Mas não saberemos sem mais amostras.

— Que tal fazermos do meu jeito por uma semana

e, se não der certo, discutimos isso mais adiante? — Quando eu ainda lhe diria para se foder, porque ela seria minha companheira até o final de seu ciclo de calor, independentemente de nossas almas se unirem ou não.

O olhar em seus olhos dourados me disse que ele via através de mim. Também disse que ele sabia que essa era uma briga que não venceria, e Ander Cain sempre escolhia suas batalhas de forma inteligente.

— Sabe que se você fosse qualquer outra pessoa, eu exigiria que você a apresentasse a Ceres em uma hora, certo?

Eu sorri.

— Cuidado, Cain, ou vou pensar que você está mostrando sinais de gratidão.

Ele resmungou.

— Você sabe que sou grato por você, idiota.

— Você realmente tem jeito com as palavras — provoquei. — Espero que esteja se esforçando mais com sua futura companheira.

Todos os sinais de humor desapareceram de suas feições.

— Isso exigiria que minha companheira falasse comigo, algo que ela não parece gostar muito de fazer agora.

— Não faço ideia do porquê — eu disse, fingindo surpresa. — Não é como se você tivesse sido um idiota ou algo assim. — Engravidá-la sem se unir a ela. Que jogada de babaca.

Ele semicerrou o olhar.

— Você sabe por que eu fiz isso.

— Sim, eu sei. Ela sabe? — perguntei, arqueando uma sobrancelha.

— Isso derrotaria o propósito da lição.

— Sim, você está certo. Comunicação nunca é uma boa ideia. — Não consegui esconder meu sarcasmo. — Quem diria que seria eu dando conselhos sobre relacionamentos para você?

Ouvi outro resmungo do Alfa do Território.

— Todo mundo parece pensar que pode fazer isso melhor do que eu.

— Porque, aparentemente, nós podemos — respondi enquanto Daciana entrava na área de estar vestindo apenas minha camisa. Ela manteve os olhos em mim, pedindo aprovação sem palavras. Levantei o braço, sinalizando para que ela se juntasse a mim. Ela curvou os lábios ligeiramente, suas bochechas coraram, e ela continuou a se aproximar.

Sua cabeça se encaixou perfeitamente contra meu ombro enquanto ela se aconchegava ao meu lado. Beijei o topo de sua cabeça enquanto Ander observava.

— Bom dia, princesa — murmurei.

— Bom dia — ela sussurrou.

— Está com fome?

Ela assentiu.

— Sim.

— Então é bom que eu tenha feito ovos para três. — Ander planejava ficar para o café da manhã porque queria conversar comigo sobre Daciana e seu potencial para acasalar. Abordei primeiro a discussão sobre o experimento, garantindo que ele soubesse minha posição. Isso não estava em debate. Testaríamos as teorias do jeito tradicional.

Peguei os pratos no armário, dividi as porções e as empurrei pelo balcão em direção à área de jantar. Ander pegou minha dica, arrumou a mesa com talheres das gavetas e levou os pratos para os lugares. Então ele pegou nossas xícaras e olhou para Daciana.

— Quer café?

Ela balançou a cabeça.

— Não, obrigada.

— Suco? — pressionei. — Leite? Água?

— Tem chá? — Ela olhou para o fogão com uma expressão esperançosa.

— Não tenho, mas podemos conseguir. — Ander tinha uma infinidade de produtos de todo o mundo, graças à nossa capacidade de negociar tecnologia. O homem realmente era brilhante. — De que tipo você gosta?

Daciana listou alguns sabores, e Ander enviou uma mensagem antes que eu tivesse a chance de ligar uma tela.

— Em dez minutos — ele disse, se sentou e pegou sua xícara de café.

— O que é isso? — minha futura companheira perguntou, olhando para o pulso de Ander. — Quero dizer, sei que é um relógio, mas... — Ela inclinou a cabeça, estudando o dispositivo. — É mais do que isso.

— Muito mais — concordei, servindo-lhe um copo de água para que ela bebesse até que seu chá chegasse. — Eu também tenho um — falei, enrolando a manga da minha camisa. — É essencialmente um computador em forma de relógio. Até se ajusta a nós quando nos transformamos em lobos.

Ela entreabriu os lábios.

— Como?

— Tecnologia é a nossa principal exportação — Ander respondeu depois de dar um longo gole no café. — É parte do motivo pelo qual Dušan está tão ansioso para negociar conosco. O Território das Terras Sombrias não é tão avançado como nós aqui.

— Subestimação — Daciana murmurou, se sentando na cadeira que puxei para ela.

Eu me acomodei na cadeira ao lado dela e passei o braço sobre o encosto da cadeira, encontrando o olhar de Ander à nossa frente.

— Você é o gênio. Mostre a ela o que seu pequeno dispositivo faz.

Ele riu com desdém.

— Eu não o inventei.

— Não, apenas organizou a equipe que o fez. — Dei a ele um olhar conhecedor antes de mudar o foco para minha Ômega. — Não o deixe te enganar. Ele não é nem de longe tão humilde quanto parece.

— Idiota — Ander murmurou.

— Digo o mesmo — retruquei, pegando o garfo. — Agora coma a comida que fiz para você.

Meu amigo mais antigo semicerrou o olhar.

— Não me faça lembrar do seu lugar na frente da sua futura companheira. Não será bonito.

Agora foi a minha vez de rir com desdém.

— Como se você pudesse.

Daciana estremeceu sob meu braço, seu olhar se

movendo entre nós com crescente preocupação. Ela não estava acompanhando nosso sarcasmo.

— Ele é meu melhor amigo — eu a informei em tom suave. — Nós frequentemente discutimos.

— Porque seu futura companheiro é um idiota — Ander acrescentou antes de colocar uma garfada de ovos na boca. — Mas pelo menos ele sabe cozinhar.

— Sim. É a minha única qualidade redentora. — Brindei com o café e dei um gole enquanto Daciana relaxava ao meu lado.

— Você tem várias qualidades redentoras — ela murmurou. — E não acho que você seja um idiota de jeito nenhum.

Meus lábios se curvaram, suas palavras aquecendo meu coração.

— Obrigado.

Ela retribuiu meu sorriso e então começou a comer.

Ander nos observou com aquela perspicácia característica dele, um leve indício de agitação em seus ombros. Não porque ele desaprovasse. Não, eu sentia que tinha algo a ver com os problemas entre ele e sua futura companheira.

A situação deles era completamente diferente, considerando que a fêmea havia crescido com humanos. Daciana, pelo menos, entendia nosso mundo e seu lugar dentro dele. Katriana, a escolhida de Ander, não. E ela provou isso ao tentar fugir várias semanas atrás. Daí a punição resultante. Ela não apenas colocou a reputação dele em jogo, mas também arriscou a própria vida no processo.

Garota tola.

Teimosa também.

Ele certamente estava ocupado resolvendo essa confusão.

O chá de Daciana chegou pelas mãos de uma das Betas que trabalhavam no prédio hoje. A pequena fêmea apareceu sem dizer uma palavra, entregou uma xícara quente e reabasteceu meus armários com mais suprimentos. Ander e eu agradecemos com um aceno enquanto Daciana observava.

— Essa é uma das suas amantes? — minha futura companheira perguntou, o que me fez engasgar com os ovos.

— *O quê?*

Ela acenou para a fêmea, que já tinha saído do meu condomínio.

— A Beta. Ela é uma das suas amantes?

— Não. — Peguei o café para tomar um longo gole antes de perguntar: — Por que você pensaria isso?

— Você disse que conheci algumas ontem. Estava me perguntando se era uma delas também.

Ander arqueou a sobrancelha para mim.

— Quem ela conheceu?

— Sly e Candice enquanto eu mostrava a cidade — respondi. Nenhuma delas eram mulheres que já tivéssemos compartilhado, o que eu suspeitava ser a razão pela qual ele perguntou. — Expliquei a Daciana que nossas fêmeas Beta atendem voluntariamente os Alfas deste Território.

— Eu diria que elas até gostam — ele respondeu, dando de ombros. — Elas são bem pagas, vivem em casas bonitas e ditam seus limites. Morgana, que acabou de entregar seu chá, é integrante da equipe do prédio. Ela é felizmente casada com um macho Beta que trabalha em um dos laboratórios técnicos. Todos em Andorra tem emprego, incluindo nossas Ômegas, mas é uma escolha delas. Nunca por força.

— Então suas fêmeas Beta gostam de ser usadas sexualmente por seus Alfas? — ela rebateu com um toque de desdém em seu tom.

— Daciana — eu a adverti. Ela não podia falar com o Alfa do Território dessa maneira, não sem provocar retaliação.

— É que, em minha experiência, as fêmeas muitas vezes são forçadas a entrar nessa profissão por falta de outras oportunidades. — Ela ousou encarar o olhar de Ander enquanto falava, e a atitude desafiadora ficou evidente na tensão de seu maxilar.

Ele a encarou sem pestanejar.

— Sua experiência é limitada — ele respondeu.

— Cresci em uma casa de prostituição — ela retrucou.

Ander rosnou, tanto em resposta à sua contínua desobediência quanto ao termo que ela escolheu. Apertei meu abraço ao redor dela.

— Cuidado, Daciana. Ele pode ser meu melhor amigo, mas também é o Alfa do Território.

— Estou ciente de sua história, Daciana, e é por isso que vou deixar a acusação em seu tom passar. Mas você deve estar ciente de que eu sou o Alfa do seu Território agora, não o Dušan. Você deve me mostrar o mesmo respeito que mostraria a ele.

— Eu nunca conheci Dušan — ela respondeu.

— E ainda assim, imagino que se o tivesse conhecido, nunca teria falado com ele da maneira como está falando comigo agora — ele retrucou, a repreensão sublinhando suas palavras.

Ela engoliu em seco, finalmente baixando o olhar enquanto mordia o interior da bochecha.

— Não. Não, eu não faria isso.

— Então comigo não deveria ser diferente — Ander insistiu, reforçando seu ponto.

Ela assentiu, enquanto um pedido de desculpa escapava de seus lábios, um que machucou meu coração. Ela tinha ultrapassado certos limites? Sim. Mas eu também entendia o porquê.

— Sly, que você conheceu ontem, é técnica de laboratório — expliquei em voz baixa. — Ela escolhe brincar com Alfas nos fins de semana porque gosta de sentir prazer.

— E Candice muitas vezes ajuda Riley a organizar os suprimentos farmacêuticos porque ela era farmacêutica antes de o mundo entrar em colapso no caos — Ander acrescentou. — Ela também só se entrega nos fins de semana, porque não encontrou um Beta que se adeque às suas preferências.

Daciana piscou.

— Então elas têm escolhas.

— Sim — Ander confirmou. — Todos no meu Território têm a oportunidade de escolher seu caminho profissional. Só peço que contribuam com a nossa sociedade de alguma forma.

— E suas Ômegas? — ela perguntou, levantando o

olhar novamente, desta vez de maneira menos audaciosa. — O que elas fazem?

— A Riley é médica, o que você já sabe. Muitas das outras preferem criar filhos como sua responsabilidade principal, mas algumas mantêm posições. Alyona, por exemplo, é professora. — Ele a estudou. — Existe algo que você gostaria de fazer em Andorra, Daciana? Algum ofício que você traga consigo e que possa ser útil ou prazeroso de seguir?

— Além de acasalar? — ela perguntou.

Ander assentiu.

— Sim.

— Não é uma questão irrelevante? Se eu não for uma candidata viável para procriação, você vai me enviar de volta. Por que se preocupar em discutir o que eu poderia oferecer além disso? — Pude perceber pelo tom que ela não quis soar hostil como soou, mas sim curiosa.

— Me faça o favor — Ander respondeu. — Vamos supor que seu acasalamento com Elias vá conforme o planejado. O que você gostaria de fazer aqui então?

Ela olhou para mim, depois para o Alfa do Território e, em seguida, para mim novamente.

— Eu... — Ela umedeceu os lábios, curvando-os de leve para o lado. — Bom, sou bastante habilidosa com arco. Eu poderia caçar.

Arqueei as sobrancelhas.

Nunca teria antecipado essa resposta.

Não porque duvidasse ou a achasse engraçada.

Na verdade, era exatamente o oposto.

— Hum — Ander falou e pegou sua xícara de café,

com um olhar de divertimento. — Talvez ela seja realmente sua alma gêmea.

— Não há "talvez" quanto a isso — retruquei, olhando para ela com admiração. — Sou o Comandante de Andorra por causa da minha habilidade de nunca errar um alvo. — Atualmente, eu usava principalmente armas de fogo, a tecnologia era mais avançada e mais rápida, mas costumava ser bem habilidoso com arco no passado.

— Você deveria levá-la ao campo de tiro. Ver como ela se sai — Ander sugeriu.

Eu sorri.

— Sim. Acho que faremos exatamente isso.

— Campo de tiro? — ela repetiu, olhando entre nós novamente.

— Um lugar para praticar tiro ao alvo. — Apontei para o prato dela. — Termine seus ovos e iremos. — Ainda tínhamos alguns dias antes da lua cheia. Seria melhor continuar sua introdução ao nosso mundo aqui no intervalo.

Ander deu um sutil aceno de aprovação.

Não era surpreendente, já que ele foi quem aceitou a cláusula de corte no acordo de Dušan.

Eu o informaria mais tarde sobre qualquer coisa de valor, incluindo uma avaliação de sua habilidade com o arco. Não precisávamos de uma caçadora, já que obtínhamos a maior parte de nossa comida de outros Territórios, mas eu sempre poderia tirar proveito de uma atiradora habilidosa. Fosse para ajudar a proteger nossa casa ou ensinar aos outros, talvez até mesmo aos jovens, isso ainda seria visto. De jeito nenhum eu a enviaria em uma missão com meus homens. No entanto, havia outras formas que ela poderia ser útil à minha unidade.

Eu sorri.

— Você continua me surpreendendo, Daciana do Território das Terras Sombrias.

Ela me olhou, seus olhos azuis brilhando com um toque de felicidade.

— Você também continua me surpreendendo, Elias do Território Andorra.

ELIAS

Outro acerto no alvo.

Soltei o ar e balancei a cabeça.

— Você não estava brincando sobre ser boa com arco. — Mesmo com o arco de alta tecnologia que providenciei, ela acertou todos os alvos.

— Estes são muito melhores do que os que eu costumava usar em casa — ela disse, acariciando as pontas de metal das flechas rastreáveis que eu preferia. Acertar um alvo com uma dessas nos permitia rastreá-la ao redor do globo, supondo que a vítima sobrevivesse. As pontas usavam nanotecnologia para se infiltrar no sangue da vítima.

Absolutamente brilhante, mas não necessariamente útil em nossa nova era. Pelo menos não em Andorra.

A seguir, entreguei uma pistola a ela, curioso para ver como sua habilidade se traduzia em armas de fogo.

Levou um tempinho para explicar como operar a arma, então a ajudei com o equipamento de proteção e observei enquanto ela se familiarizava com a arma. Ela não pegou de imediato, mas após duas horas de experimentação, ela encontrou o ritmo e começou a acertar seus alvos com precisão infalível.

Natural.

Seu sorriso era brilhante quando ela terminou, seus olhos azuis cintilando.

— Isso seria muito mais útil na natureza selvagem.

— Humm, mas nada supera a emoção de um arco — refleti.

Ela concordou, me entregando a arma.

— A eficiência supera a emoção na maioria das situações.

— Verdade. — Mostrei a ela como desmontar a arma antes de apresentá-la a outros itens de alta tecnologia. Daciana observou tudo com um entusiasmo que me emocionou. A maioria das fêmeas escolhia não participar do campo de tiro. No entanto, parecia que minha pretendente nasceu para isso.

Teríamos que encontrar um papel adequado para ela, que a mantivesse longe de perigos, permitindo que ela prosperasse.

Ser Ômega a marcava como naturalmente mais frágil, algo que nenhuma quantidade de armas poderia mudar. Eu nunca a colocaria no campo de batalha. Sem mencionar que meu instinto de protegê-la tornaria a experiência impossível para nós dois nesse sentido. Então, encontraríamos outra maneira para ela se envolver.

— Você está no comando de tudo isso? — ela perguntou enquanto eu guardava as armas que usamos hoje.

— Sim. Como Segundo de Ander, sou responsável pela defesa e segurança do Território. — Também se adequava ao meu histórico como executor e afinidade geral com inteligência militar e estratégia.

— É por isso que todos te chamam de Comandante — ela disse, ao olhar em volta do campo de tiro e notou todos os machos em posição de atenção nas proximidades. Eles permaneceriam assim até eu sair. Sua obediência era resoluta independentemente de eu ordenar que relaxassem. Em um bar ou ambiente menos profissional, eles se sentiriam mais à vontade. Mas não nesses terrenos, onde eu agia como seu Alfa e principal tenente.

Ander frequentemente brincava que eles provavelmente seguiriam minha palavra como lei acima da dele.

Ele não estava errado.

Segurei sua mão, levando-a para longe do campo de tiro e em direção ao meu escritório na base. Já que estávamos aqui, eu poderia verificar se tudo estava indo como esperado. Raramente tínhamos problemas, apenas alguns ocasionais, como humanos tentando atacar nossos carregamentos de comida.

Idiotas.

Daciana manteve o olhar baixo enquanto caminhávamos, exibindo suas características submissas de Ômega por completo. A maioria dos homens ao redor da base eram Alfas, e seu interesse por ela era implícito através dos aromas. No entanto, eles sabiam que não deveriam falar com ela ou tocá-la. Eu ainda não a tinha marcado ou reclamado, mas minha intenção estava clara na forma como a mantinha próxima. Ela também estava usando uma das minhas camisas com a calça jeans que Riley emprestou a ela.

Sua falta de disponibilidade era óbvia.

E qualquer um que pensasse em questionar isso responderia diretamente a mim.

A conduzi para um sofá dentro do meu escritório e fui até minha mesa para revisar as anotações que Jaxon deixou para mim. Nada relevante, o que não me surpreendeu. Ele teria me ligado se precisasse que eu cuidasse de algo.

— Suas armas funcionam nos Infectados? — Daciana perguntou após vários minutos de silêncio.

— Sim, funcionam.

Ela assentiu.

— Mas é preciso estar na forma humana para usá-las. Então, se encontrarem um lobo, ainda podem morder.

— Sim, podem. Sendo que corremos muito mais rápido do que eles.

— Sim — ela concordou, parecendo relaxar. — Sim, é verdade.

— Há armas escondidas por toda Andorra — eu disse a ela após uma pausa, percebendo seu medo. — Vou te mostrar onde algumas delas estão em nossa próxima corrida, para que, se um Infectado te perseguir, você saiba para onde ir. — Não que ela fosse correr sem mim ao seu lado. Bem, pelo menos não tão cedo. Eu não confiava que os outros lobos a deixassem em paz sem que eu estivesse por perto.

Prova disso era o cheiro de um macho se

aproximando que eu sabia que não a deixaria em paz, independentemente de eu estar na mesma sala ou não.

— Ah, pensei ter sentido algo que não pertencia a esse lugar — Artur murmurou, entrando sem bater na porta.

Daciana ficou tensa no sofá, enquanto eu o ignorava abertamente.

— O rato de laboratório não deveria estar com Ceres? — Artur continuou, seu tom repleto de desprezo. — Ou você a trouxe aqui para experimentarmos a mercadoria?

Apertei o maxilar só de pensar na possibilidade de isso acontecer.

— Ela é minha.

— Sua? — Artur se aproximou dela. — Estranho. Não sinto o vínculo de reivindicação.

Eu me afastei da mesa e me coloquei na frente dele, bloqueando sua visão de Daciana.

— O que você quer, Artur?

— Ver do que se trata toda a agitação, é claro. Se Ander espera que comecemos a nos envolver com as Lobas Ash, gostaria de provar a amostra que nos foi oferecida. Como você já o fez, tenho certeza de que você entende.

— Ela não está disponível — eu disse sem emoção. — Então, por favor, vá embora.

Ele semicerrou o olhar.

— Não está disponível porque o Ander te deu prioridade.

Eu não dignifiquei isso com uma resposta.

Não tinha nada a ver com Ander ou sua lealdade a mim e tudo a ver com minha posição no Território. Ganhei a prioridade por ser mais forte e mais rápido do que todos os outros Alfas neste território. Se ele quisesse desafiar isso, era mais do que bem-vindo a tentar.

— O mínimo que você poderia fazer é compartilhar — Artur murmurou, inclinando a cabeça para o lado. — Pense nisso como uma maneira de provar para todos nós que a boceta da Loba Ash vale o trabalho.

Cruzei os braços.

— Mesmo que eu fosse compartilhá-la, o que não vou, nunca seria com você.

Ele rosnou baixinho, o insulto desfazendo sua aparência elegante.

— Cuidado, Elias, ou vou começar a levar essa conversa para o lado pessoal.

— Já ficou pessoal desde o momento em que você entrou no meu escritório sem nem bater na porta — retruquei.

— Como eu disse, estava seguindo o cheiro de algo errado.

— Saia, Artur.

Daciana gemeu atrás de mim, seu corpo reagia ao calor de dois Alfas irritados. As narinas de Artur se dilataram, quando o interesse escureceu seu olhar. Ele rosnou novamente, desta vez em um nível mais baixo, evocando seu chamado de acasalamento.

O limite rígido de minha pretendente.

Desferi um soco em seu rosto e o empurrei para fora do meu escritório antes de jogá-lo contra a parede.

— Ela não é sua.

— Não é sua também — ele rosnou, agarrando a gola da minha camisa. — Não vou brigar com você por causa de um lixo qualquer da Romênia.

— Então sugiro que você me solte e vá embora, porque vou te arrebentar se você disser mais uma palavra negativa sobre minha pretendente. — Eu o empurrei com força suficiente para fazê-lo tropeçar. — Você não tem a mínima chance aqui, velho. Vá embora enquanto pode. — Porque eu o destruiria se ele rosnasse de novo.

Ele cuspiu um bocado de sangue, meu soco provocou mais danos do que eu pensava.

Não me arrependia.

— Você e o Ander estão cometendo um erro ao tentar nos empurrar essas Lobas Ash goela abaixo — ele disse com raiva. — Elas são inferiores às nossas linhagens e não merecem a nossa semente.

— Mas você queria provar minha pretendente há apenas alguns instantes — eu disse com sarcasmo. — Decida-se e saia da minha frente.

— Eu não disse que as bocetas delas são completamente inúteis. Elas ainda podem aceitar o nó. Mas morrerei antes de me acasalar com uma delas.

— Ficarei feliz em garantir que isso aconteça para você mais cedo ou mais tarde — ofereci de forma casual. — Basta me dar uma data, Artur. Vou preparar sua sepultura.

A agressividade emanava dele.

Eu me preparei, apenas no caso de ele decidir fazer algo imprudente, como me atacar.

— Quando ela provar ser inútil e incompatível, mande-a para o meu lado — ele finalmente disse, escolhendo salvar sua reputação através de insultos não velados. — Eu não me importaria de desfrutar de uma boa transa com uma ômega.

Eu ri.

— Sim, claro. — Isso nunca aconteceria. Mesmo que Daciana se mostrasse incompatível, ele seria o último a quem eu a entregaria. Sua falta de respeito pelas fêmeas neste Território era bem conhecida, e ele realmente achava que eu poderia lhe dar minha Ômega depois de terminar com ela.

Idiota.

— Algo mais? — perguntei, arqueando uma sobrancelha.

Ele balançou a cabeça.

— Não vai funcionar.

— Veremos — respondi.

— Sim. Veremos — ele concordou, com um brilho de conhecimento em seu olhar.

Eu o deixei no corredor e fechei a porta do meu escritório para deixar claro que eu tinha terminado a nossa conversa. Se ele decidisse voltar, eu deixaria isso claro de uma maneira muito diferente.

Apertei em um botão no meu relógio, abri uma tela e enviei uma rápida mensagem para Ander sobre o comportamento de Artur. Isso não o surpreenderia, mas o incidente precisava ser documentado. O metamorfo muito mais velho estava ficando mais audacioso a cada dia. Eu não ficaria surpreso se ele ou seu amigo Enzo desafiassem Ander novamente pela liderança em breve.

Normalmente, seria o último, Enzo, o Alfa mais forte dos dois.

Mas algo sobre o comportamento de Artur nos últimos tempos sugeria que ele poderia ser o próximo a tentar.

De qualquer forma, os dois idiotas falhariam. O único neste Território que poderia vencer um desafio contra Ander seria eu, e isso nunca aconteceria. Eu não tinha o desejo de liderar e nós dois sabíamos disso.

Passei os dedos pelo meu cabelo e observei Daciana paralisada no sofá. Ela estava praticamente tremendo de medo.

O rosnado de Artur, percebi, suspirando.

Me ajoelhei diante dela e tentei encontrar seu olhar, mas ela se recusava a olhar para mim.

— Ei — falei baixinho. — Ele foi embora. Está tudo bem. — Estendi a mão para acariciar sua bochecha, mas ela se afastou, e ergueu os olhos azuis rapidamente para os meus.

— Você mentiu para mim.

Franzi a testa.

— Não, não menti.

— Você disse que não me compartilharia.

— E eu não vou.

Ela apontou para a porta, a raiva deixando suas feições em um tom vermelho profundo.

— Você acabou de dizer para aquele homem que ele poderia me ter quando você terminasse.

— Não, eu... — Parei de falar, considerando o que ela ouviu.

Ela escolheu aquele momento para pular do sofá e me confrontar.

— Você é igual aos Alfas da minha terra natal! Usa fêmeas para seu prazer porque elas não são capazes ou não são dignas de te dar mais! — A palma de sua mão bateu contra meu peito, sua fúria enchendo o ar. — Lobas Ash podem ser diferentes, mas não somos inferiores a você. Somos... somos... somos especiais à nossa maneira. E talvez eu não queira ser compatível com sua semente X-Clan. Talvez eu nem queira estar aqui!

Eu a deixei desabafar.

Aceitei os golpes no meu peito.

Enquanto ela continuava a gritar sobre as diferenças entre nós e como elas eram irrelevantes. Como lobos eram lobos. Como talvez os infectados pudessem transformá-la, mas isso não a tornava inferior. Que ela não cheirava mal. Que valia mais do que sua capacidade de procriar. Que ela não precisava de um companheiro. E nunca pediu nada disso. Que estava apavorada que eu não pudesse reivindicá-la.

E, inevitavelmente, que ela não quis dizer nada daquilo, que a ideia de não poder me dar um filho a fazia se sentir inferior e fraca.

Sua raiva se desfez em um soluço, e eu a segurei quando seus joelhos cederam sob ela.

Eu aconcheguei em meus braços para beijar suas lágrimas.

Minha Ômega forte estava com medo.

Ela escondeu bem, mas eu sentia isso, e agora ela me

deixou ver tudo. Seu medo intrínseco de que eu a mandasse de volta ou pior, a desse para um macho como Artur. Que toda a sua existência estivesse destinada ao fracasso. Que ela não gostava de se sentir tão dependente de nossa união, mas não sabia como se sentir de outra forma.

Que ela se preocupava que eu a descartasse por outra Ômega, mais digna, no futuro.

Uma Ômega do X-Clan com a genética certa para fornecer o que eu realmente ansiava.

Levantei-a em meus braços e me sentei com ela no sofá, segurando-a com firmeza enquanto soltava um ronronar que eu sabia que a acalmaria.

Ela se contorceu e eu a segurei mais forte.

Ela chorou e eu beijei suas lágrimas.

Enquanto isso, eu ronronava, a acalmando.

Até que, eventualmente, ela começou a se acalmar.

— Daciana — sussurrei, com os lábios perto de seu ouvido. — Ainda não sabemos o que o futuro nos reserva. Mas te prometo que nunca irei permitir que um macho como Artur te toque. Nunca.

Ela balançou a cabeça com tristeza.

— Eu ouvi o que você disse.

— Foi sarcasmo, baby. — Passei os dedos por seu cabelo, revelando seu rosto bonito e guiei seus olhos lacrimejantes para os meus. — Foi uma resposta depreciativa, não para você, mas para ele. — Segurei seu queixo, precisando que ela ouvisse minhas próximas palavras. — A mera ideia de te compartilhar me enfurece, Daciana. Eu mataria qualquer um que te tocasse. Você entende?

Deixei que ela visse a verdade em meu olhar, ciente de que meu lobo a encarava agora. *Ele* despedaçaria o ofensor.

— Você é minha — acrescentei, incapaz de evitar o rosnado em minha voz. — *Minha*, Daciana.

DACIANA

A DECLARAÇÃO de Elias percorreu meu corpo. Suas palavras queimaram minha essência.

Apesar das palavras que ouvi no corredor, acreditei nele. A fúria pulsava dentro dele, a mera ideia de alguém mais me tomar o fez apertar seu abraço a um nível quase doloroso.

Porque ele não queria me compartilhar.

E aquele macho, *Artur*, o provocou.

— *Sim. Claro.* — As palavras de Elias ecoavam em minha mente, a entonação por trás delas, o cheiro da irritação ao seu redor.

Sarcasmo.

Eu entendia o conceito, mas raramente o experimentava.

Ele tinha a intenção de ser rude, para rivalizar com o comportamento mal-educado do outro Alfa.

— Sua — concordei, olhando em seus olhos que agora se tornaram selvagens. Enquanto o macho me segurava, era seu lobo que falava comigo. Ele até rosnou. E, estranhamente, não me importei.

Capturei sua boca com a minha, e o beijei.

Ele me concedeu o primeiro toque de nossas línguas, depois assumiu o controle com um gemido que senti entre minhas pernas. Suas mãos desceram para meus quadris enquanto eu o cavalgava, meus braços se enrolaram em volta de seu pescoço.

Meu ciclo de calor não começaria por mais um dia ou dois, mas meu centro ficou úmido em preparação, me lembrando de meu cio.

Nenhum outro macho jamais provocou essa resposta em mim.

Exceto Elias.

Ele puxou a camisa sobre minha cabeça, expondo meus seios. Sua boca envolveu um mamilo, depois o outro, roçando os dentes em minha pele sensível e cobrindo meu corpo com arrepios de antecipação.

Puxei seu cabelo.

Rugi por mais.

Ansiei por sua mordida.

Ah, eu estava completamente rendida a esse homem.

Meu Alfa.

Meu Elias.

Ele me girou até minhas costas baterem no assento do sofá, sua forma muito maior se erguendo sobre mim.

— Vou te comer, Daciana — ele disse. — E você vai gritar tão alto que todo mundo nesse território vai te ouvir.

Ele abriu o botão da minha calça jeans.

Desceu o zíper.

E inalou profundamente.

— Todos saberão que sou eu dentro da sua doce

boceta, baby. Te possuindo. Te *reivindicando*. Te marcando.

— Sim — sussurrei, levantando os quadris para ajudá-lo a tirar a calça.

— No final, todos saberão o quanto você é valiosa — ele continuou, seu nariz percorrendo desde os meus joelhos até minha coxa interna. — Que as Ômegas Lobas Ash são tão bonitas e incríveis quanto as Ômegas do X-Clan. E vão me invejar por te tomar, linda. — Ele falou as últimas palavras diretamente sobre minha carne aquecida, sua respiração provocando meus nervos sensíveis.

— Elias — suspirei e entrelacei os dedos em seu cabelo.

— Você é minha — ele disse, seus lábios vibrando contra minha carne molhada. Ele penetrou a língua em mim, me lambendo profundamente e me forçando a me erguer das almofadas em um desejo lascivo.

Mais lubrificação escorreu de mim, diretamente em sua boca enquanto ele me devorava de uma maneira que eu só havia sonhado antes.

Paraíso, pensei. *Isso é o paraíso*.

Sua boca.

Sua língua.

Seus *dentes*.

Ah, caramba, eu não conseguia respirar. Lágrimas de uma natureza completamente diferente caíram dos meus olhos. Esse macho era malicioso. Talentoso. Perfeito. Me destruiu para qualquer outro. E eu não podia reclamar. Porque ele finalmente me apresentou ao prazer. Prazer *real*. O tipo que as lobas desejam, mas raramente experimentam. Pelo menos em minha vida.

Me apaixonei um pouco mais por ele, sentindo minha alma se entrelaçar com a sua em uma união prestes a acontecer.

Todas as preocupações sobre nossas diferenças desapareceram.

Nossos destinos se entrelaçaram.

Ele me marcaria. Eu sentia isso. Assim como sabia que carregaria seu filho. Um com cabelos escuros como os dele e olhos azuis como os meus.

Sorri, arqueando novamente para ele, enquanto meu baixo ventre se contraía de forma quase dolorosa.

— Perto — consegui dizer em um sussurro, enquanto meu pulso acelerava em meus ouvidos.

— Humm, eu sei — ele murmurou, seus olhos se encontrando com os meus. — Grite por mim, princesa. Grite meu nome.

Ele cobriu meu clitóris com a boca, sugando com força e exigindo que eu tivesse um orgasmo em resposta.

Então, eu tive.

Eu lhe dei tudo.

Meu coração.

Minha respiração.

Minha própria alma.

Seu nome saiu da minha boca em um canto, meus membros tremiam, minha visão embaçou e todo o meu corpo *cantou* por ele.

E então ele estava lá, me penetrando, com o desabotoado ainda envolvendo suas pernas. A abrasão irritou minhas coxas, mas acolhi a distração, permitindo que ela me puxasse de volta à realidade o suficiente para sentir cada centímetro de sua penetração.

— Vai doer — ele me avisou.

Eu o recebi com um suspiro, cravando as unhas na parte de trás de seu pescoço enquanto sua boca tomava a minha com agressividade.

Minha excitação cobriu sua língua, me elevando a novas alturas enquanto ele me comia com força.

Mais forte do que antes.

Rápido.

Violento.

Como se Elias estivesse canalizando toda a sua frustração residual do confronto em cada investida de seus quadris contra os meus.

Eu aceitei.

Recebi.

Saboreei.

Porque através da dor, um turbilhão de sensações começou a se formar, tudo culminando no espaço sensível entre minhas coxas.

Cada impulso para a frente alimentava minha chama interna.

Cada arrastar de seus dentes em meu lábio e língua intensificava nossa união.

E a deliciosa sensação de seu jeans irritando minha carne sensível me fez clamar por mais.

Ele apertou meus quadris, me angulando para recebê-lo mais profundamente. Elias deixaria marcas. Eu as ostentaria com orgulho.

Estávamos completamente selvagens em nossa necessidade, minhas paredes se apertando ao redor dele, exigindo que ele me possuísse com mais força. Sua boca reivindicou a minha com uma brutalidade que quase fez sair sangue. E a parte de baixo de nossos corpos se chocavam em um ritmo frenético que me deixou sem fôlego.

Não que isso importasse.

Eu estava ocupada demais gritando.

Minha voz estava rouca e meus dedos doíam de tanto apertá-lo. Até que não aguentei mais e caí em êxtase antes dele, o apertando e exigindo que ele me seguisse.

Elias gemeu meu nome, em um tom baixo e profundo, e rugiu quando me reivindicou por dentro, seu sêmen se derramando em mim com o lançamento de seu nó.

Isso provocou uma onda totalmente nova de prazer, me fazendo girar pela terceira vez enquanto a umidade escorria dos meus olhos.

Eu ofegava, sentindo meu peito queimar com a necessidade de oxigênio e meu coração batia em um ritmo pouco saudável.

O cheiro de ferro me dizia que um de nós, ou nós dois, estávamos sangrando.

Lambi meu lábio inferior, provando-o.

Engolindo.

Eu tremi debaixo dele, me sentindo incrivelmente amada e preenchida por ele. Meu companheiro. Meu Elias. Ele ainda não me mordeu. Não da maneira que precisava fazer. Mas senti sua intenção na forma como ele me segurava, o olhar em seus olhos e o pulsar de seu pau entre minhas pernas.

Ele já me considerava sua.

E, em alguns dias, ele finalizaria isso para nós dois.

Assim que eu entrasse no cio.

Não perguntei por que ele não tentou hoje ou na noite passada. Embora, talvez devesse. Mas uma parte de mim não queria perguntar porque eu já sabia.

Ele não reivindicaria uma fêmea que não pudesse engravidar.

Nenhum Alfa o faria.

Meu coração afundou com o conhecimento, mas engoli a emoção, entendendo a praticidade da nossa situação.

Ele merecia uma companheira que pudesse lhe dar um filho.

Eu só precisava garantir que eu pudesse ser essa companheira.

Eu serei, pensei. *Tenho que ser.*

Porque assim como Elias, eu não tinha a intenção de compartilhá-lo com outra pessoa. Embora ele já tivesse outras. Betas.

Franzi o cenho.

Como um macho pode ser meu se ele se envolve com outras?

— A expressão de uma fêmea satisfeita definitivamente não é essa — Elias sussurrou, com os olhos fixos em mim, como sempre estavam. Tão em sintonia com cada emoção e pensamento meu. — Me diga o que causou essa expressão e não minta.

— Não é nada — eu disse, com a voz rouca de tanto gritar intensamente.

— Mentira — ele acusou, nos girou para ficarmos de lado, com as costas dele voltadas para o cômodo e as minhas pressionadas contra o sofá, me mantendo presa. — Responda, Daciana. — Ele puxou minha perna sobre sua coxa, nos mantendo intimamente conectados enquanto continuava a jorrar dentro de mim. — Agora.

Fiquei indignada com seu comando. Não apenas ele me colocou em uma posição inferior, mas também estava usando sua dominância contra mim em sua voz.

— Você tem outras amantes — declarei de forma contundente. — O pensamento delas me fez franzir a testa. Assim como tenho certeza de que você franziria a testa se eu tivesse outros amantes, mas eu nunca terei, não é mesmo?

Ele recuou como se eu o tivesse esbofeteado.

— Você quer outros amantes?

— Não — rosnei. — Só que... eu não... — Rosnei novamente, irritada. — Você arruinou um momento perfeitamente agradável, e nem posso sair daqui porque, bem. — Girei meus quadris, então gemi com o que senti.

Porcaria de nó de Alfa!

Sua expressão se transformou em uma de diversão enquanto um riso lhe percorria o peito.

— Você é adorável quando está confusa, Daciana.

— E você é irritante quando... quando... bem, agora mesmo — respondi, minha luta diminuindo ao ver o quanto soava ridícula. — Deixa pra lá. — Enterrei o rosto contra sua camisa ou tentei, de qualquer forma. Ele segurou minha nuca e me puxou de volta, me obrigando a olhar para ele e seu sorriso exasperante.

— Você está com ciúmes.

Revirei os olhos e não respondi. Ele também ficaria com ciúmes se os papéis fossem invertidos.

Na verdade, ele iniciaria um massacre assassino.

A menos que quisesse me compartilhar.

Balancei a cabeça, rejeitando aquele pensamento. Não. Eu sentia o quanto ele não queria me compartilhar. A dor entre minhas coxas provava isso.

— Elas são minhas *ex-amantes*, Daciana — Elias disse, aumentando seu aperto. — Passado. *Você* é meu futuro.

— A menos que eu não possa te dar um herdeiro — eu o lembrei.

Ele rosnou em resposta, mas imediatamente parou e xingou.

— Me desculpe. — Ele encostou sua testa na minha. — Sinto muito, Daciana.

Levei um momento para entender pelo que ele estava se desculpando. Então arregalei os olhos arregalaram. *Ele me levou a sério.* Eu já sabia disso, é claro. Mas sentir sua contrição por ter *rosnado* me fez olhar para ele de uma forma completamente nova.

Além disso, o rosnado dele não me incomodou.

Se algo, eu *gostei* porque vibrava o lugar onde estávamos conectados.

— Faça de novo — sussurrei, perdendo o foco de nossa conversa e olhando profundamente em seus olhos escuros. — Rosne de novo.

— O quê?

— Por favor. Eu quero... eu preciso ver algo. — Engoli em seco. — Faça um rosnado de acasalamento. Mas suave.

— Daciana...

— Só um — implorei.

Ele me observou por um longo momento e então cedeu com um rosnado sutil e suave que foi direto para o meu clitóris. Eu me estremeci contra ele quando uma nova onda de umidade cobriu o pau encaixado profundamente em mim.

— *Ohhh* — eu sussurrei, tremendo. — *Oh*, eu gostei disso.

Outro rosnado seguiu, este mais forte, e a vibração me balançou dos pés à cabeça.

Agarrei seus ombros, segurando-o com força enquanto outro desses tremores incríveis me dominava.

— De novo — murmurei, com a coxa sobre suas pernas apertando na tentativa de fazê-lo entrar em mim.

— Não posso — ele sussurrou. — Não até que meu nó esteja pronto novamente.

Um rosnado meu nos fez vibrar, o que me rendeu uma risada do Alfa.

— Merda, você é perfeita — ele se maravilhou, e passou o polegar na base do meu pescoço enquanto ele inclinava minha cabeça para cima para encontrar seu beijo.

Lábios macios e carnudos capturaram os meus, sua língua entrando devagar em minha boca para reivindicar tudo novamente. Gemi, me entregando a ele por completo.

O que quer que ele dissesse, não importava.

O que quer que o futuro nos reservasse, não me importava.

Esse momento, estar com ele, me proporcionou mais

felicidade do que toda a minha vida. Por isso, eu sempre lhe seria grata.

Nos beijamos por minutos, talvez até horas, permitindo que nossos corpos falassem por nós. E quando finalmente foi a hora de ele me tomar novamente, Elias rosnou. Não de forma dura. Nem exigente. Apenas um som sutil e caloroso que selou meu destino.

Eu pertencia a ele.

De coração, corpo e alma.

Dele.

E a forma como ele me tomou me mostrou que ele também sabia disso.

ELIAS

— Ela é fértil — Ceres relatou na cabeceira da mesa do conselho, com a voz desprovida de emoção. — Mas não saberemos se ela é uma hospedeira adequada até que o cio dela esteja completo.

O que devia começar amanhã ou no dia seguinte, no máximo, já que seu ciclo de calor era baseado na lua cheia.

— Que conveniente — Enzo zombou.

Artur resmungou ao lado dele.

— Deveríamos fazer isso como nos velhos tempos: colocá-la em um quarto, deixar os Alfas terem-na. O mais forte de nós plantará a semente.

— É mais provável que ela não conceba de forma alguma — Enzo argumentou. — Nesse caso, pelo menos poderíamos dizer que todos tentamos em vez de deixar nas mãos do Elias. Nem sabemos se ele é capaz de engravidar uma Ômega.

Ergui as sobrancelhas.

Mas foi Ander quem respondeu:

— Na verdade, sabemos. Ceres o testou, e ele é um candidato viável para esse trabalho.

Ter meu esperma discutido tão abertamente me fez ranger os dentes de irritação. Claro, ter os órgãos internos da minha companheira pretendida exibidos nas telas da sala era muito pior. Eles tiraram qualquer grama de privacidade que ela pudesse pensar em ter e deram a todos os Alfas aqui os resultados de seus exames. Fotos também.

Isso fez meu estômago revirar.

Pelo menos ela não estava aqui. Eu só conseguia imaginar sua reação: ela se fecharia. Permaneceria em silêncio como sempre. Observando sem fazer um som. Analisando. Escutando. Ao mesmo tempo em que contemplava seu valor enquanto um grupo de machos discutia sua capacidade para o acasalamento.

Uma semana atrás, eu entenderia essa missão.

Hoje, eu a detestava.

— Ele ainda não a reivindicou — Arthur acrescentou. — Não vejo motivo para que não possamos todos ter uma chance de ver se ela aceitará nossa semente durante o cio dela. Se ela for como as Ômegas de Andorra, não se importará.

Vários rosnados seguiram esse comentário, todos pertenciam aos Alfas acasalados na sala.

Artur apenas sorriu em resposta.

— Vocês acham que não ouvimos suas companheiras nos momentos de paixão? Que não sentimos os cheiros delas?

— Está tentando se matar? — perguntei. — Porque tenho quase certeza de que provocar um Alfa acasalado é o equivalente a pedir uma sentença de morte.

Ele sorriu.

— Você não saberia, não é mesmo?

— Sim, por que não tentou acasalar com a garota? — Enzo insistiu. — Preocupado demais que ela não possa lhe dar um herdeiro? Não quer desperdiçar sua mordida em alguém tão indigna?

— Chega — Ander interrompeu, seu rosnado resoluto.

Mas quanto a isso, eu queria falar.

— Não, eu preciso responder a isso.

Ele arregalou as íris douradas quando encontrou meu olhar e o manteve.

Não recuei.

O conselho precisava da minha razão, ou acreditariam na explicação idiota de Enzo. E Daciana merecia algo melhor do que isso. Não tinha nada a ver com o que ela poderia me proporcionar e tudo a ver com o que eu poderia dar a ela.

Ander fez um leve aceno.

Ele já sabia, tendo me feito uma pergunta semelhante pouco depois de me chamar em minha toca esta manhã. Jonas estava com ele, o macho alfa concordou em ficar do lado de fora da porta para proteger minha pretendida.

Claro, os únicos machos que eu temia prejudicá-la estavam nesta mesma sala. No entanto, dado o gosto deles por recrutar capangas para fazer o trabalho sujo, eu tinha que ter certeza de que Daciana estava segura.

— Bem? — Enzo insistiu. — Tem algo a dizer sobre isso, *Comandante*? — Seu tom zombador não passou despercebido, mas optei por não cair na provocação.

Era o que ele queria, e tínhamos assuntos mais importantes para discutir.

— O motivo de eu ainda não ter tentado reivindicá-la é que não quero prendê-la a mim se eu não puder lhe dar um filho. Todos nós sabemos o quanto é importante a procriação para uma Ômega. Tirar dela a capacidade de se tornar mãe seria um destino cruel e desnecessário. E, por mais que eu queira reivindicá-la como minha, por mais que eu sinta que ela já é minha, não farei isso com ela.

Artur riu de forma desdenhosa.

— Veja, até o Elias não acredita que ela é uma candidata viável.

— Eu não disse isso.

— Suas palavras implicam isso — ele retrucou.

— Não. Minhas palavras implicam que eu sou um homem de honra que não deseja tratar uma Ômega como a porcaria de um experimento científico. Ela é uma fêmea linda que merece um futuro, mesmo que não seja eu que possa lhe dar isso. — Me doeu dizer as palavras, pois meu apego a ela já estava enraizado em minha alma. Mas eu não podia ser um macho que prendia uma fêmea por pura necessidade egoísta. Não seria justo com ela.

Ander não concordava com minha escolha, e sua expressão deixava isso claro agora.

Mas essa não era a vida dele nem sua decisão. Era a minha.

— Bem, não tenho nenhum problema em prender uma Ômega a mim apenas para transar — Enzo interrompeu. — Deixe-me tê-la e veja o que acontece quando eu a morder.

Rosnei baixo e meu aviso fez a sala inteira vibrar.

— Você nem mesmo quer uma Loba Ash. Disse que elas são impuras demais para o seu gosto.

— Não sei. O cheiro que ela exalou em seu escritório ontem parecia ser suficientemente atraente — Artur interveio. — Não me importaria de provar aquela doce boceta de Ômega.

Eu me levantei, empurrando a cadeira contra a parede.

Ander estava ao meu lado um segundo depois, com a mão no meu peito, me contendo.

— Se acalme — ele ordenou. As palavras duras me fizeram ranger os dentes de novo.

Ele estava certo.

Eu sabia que estava.

Mas droga, não queria me *acalmar*. Queria dar uma surra em Enzo, tirar aquela merda de sorriso da cara dele e chutar seu traseiro.

Era exatamente o que ele queria.

Se brigássemos agora, eu provavelmente ficaria fora de ação por um ou dois dias e perderia minha chance com Daciana.

Então provavelmente Artur tomaria meu lugar como o terceiro oficial de mais alta patente na cúpula.

De jeito nenhum eu poderia permitir que isso acontecesse.

— Há mais alguma coisa importante a ser discutida, Ceres? — Ander perguntou, ainda com a mão contra o meu peito. Nós dois estávamos basicamente dominando a mesa como resultado, com o médico sendo o único outro de pé na sala.

— Os painéis genéticos dela são quase idênticos aos nossos, com exceção de dois genes. Suspeito que um deles esteja relacionado à fraqueza das Lobas Ash contra os Infectados.

Isso me fez hesitar e despertou meu interesse.

— Você consegue isolar esse gene e potencialmente torná-la imune?

Os olhos verdes brilhantes de Ceres se encontraram com os meus.

— Sim. Com mais testes. — Foi uma resposta precisamente formulada, mas não perdi a ironia naquela frase.

— É algo que podemos discutir depois do período de estro dela — Ander afirmou em tom sábio.

Porque ele sabia que, se tudo corresse conforme o planejado, ela seria minha companheira no final, o que lhe proporcionaria um status mais elevado. Seria minha decisão, nesse ponto, se alguém poderia ou não tocar minha companheira. E eu pediria a opinião de Daciana sobre essa escolha.

— Se um deles está ligado aos Infectados, qual é a outra mutação? — Samuel perguntou. O lobo notoriamente se alinhava com Enzo e Artur, mas parecia genuinamente curioso. Como ele era pesquisador, supus que seria assim.

— Não tenho certeza, pois minhas amostras estão incompletas. — Outra cutucada de Ceres.

— Considerando que você retirou vários litros de sangue e uma quantidade inimaginável de outros fluidos, eu pensaria que teria o suficiente para trabalhar, *doutor* — intervi.

Seu lábio se curvou em um rosnado.

Retribuí o gesto, não me sentindo intimidado pelo Beta.

— Certo. Bem, como eu disse, podemos adiar essa discussão para depois do estro dela — Ander reiterou, sua mão ainda emitindo cautela contra meu peito. — Conforme o acordo com o Alfa do Território das Terras Sombrias, Elias cortejou a Ômega e conquistou a sua preferência. Ela pediu que ele a acompanhasse durante o ciclo pessoalmente, e assim será. Não utilizaremos métodos ultrapassados nessa situação. — Essa última parte foi direcionada a Enzo e Artur.

Os dois bufaram, balançando a cabeça.

— E eu que achei que você favorecia a diplomacia, Cain — Enzo disse de forma sarcástica.

— Favoreço. — Ander sorriu. — Já votamos no acordo, foi aprovado, e os requisitos incluíam o cortejo. O qual está sendo feito. Fim da discussão.

Artur apenas o encarou, desafiando-o com a expressão em seu rosto.

Adicionei armas à minha lista de preparação para amanhã, pois parecia que eu precisaria delas.

Ander dispensou o conselho pouco depois, afirmando que nos reuniríamos em uma semana com minhas descobertas. Tudo isso estava me deixando enjoado.

— Ela é mais do que uma experiência — eu disse a ele enquanto o acompanhava de volta à minha suíte.

— Eu sei.

— Tem certeza? — questionei. — Entendo o quanto esse acordo é importante, entendo mesmo, mas ela é tão preciosa quanto a sua Ômega. E você nunca permitiria que falassem sobre a Katriana dessa maneira.

— No entanto, eles falam mesmo assim — ele respondeu, olhando para mim. — É a natureza do jogo, Elias. Você sabe disso. Enzo e Artur têm tentado tomar meu lugar por décadas. Eles sempre perdem, mas isso não os impede de serem idiotas.

— Mas eles nem sequer querem a Daciana — murmurei, passando os dedos pelo cabelo enquanto as portas do elevador se abriram.

Jonas estava encostado na parede, com as mãos nos bolsos, sua expressão entediada como sempre. Seus olhos azul-gelo percorreram nós dois e ele curvou os lábios.

— Bom. Parece que não perdi nada interessante.

— Estava esperando sangue? — perguntei, sorrindo para o meu soldado favorito. Ele costumava servir na Unidade de Resposta a Crises da Islândia quando o país ainda existia. *Durão* nem começa a descrevê-lo.

— Dado o modo como Enzo e Artur têm agido desde que a Katriana chegou, sim, eu meio que estava — ele respondeu, se afastando da parede. — Acredito que sua pretendente está tentando fazer o café da manhã. Talvez você queira detê-la enquanto ainda pode.

Curvei os lábios.

— Tão ruim assim, é?

— Acho que ela não está acostumada com nossos avanços tecnológicos. — Foi tudo o que ele disse antes de entrar no elevador de onde acabamos de sair. — Me avise se precisar que eu seja o guarda esta semana.

As portas se fecharam, me deixando sozinho novamente com Ander.

— Você acha que o Enzo ou o Artur vão tentar alguma coisa? — perguntei a ele.

— Eles seriam suicidas se tentassem interferir. Dito isso, eles parecem estar ultrapassando todos os limites ultimamente.

— Eles estão tramando alguma coisa — concordei, contraindo o nariz com o cheiro de algo queimando. — Humm. — Peguei as chaves do bolso e abri a porta de casa enquanto um palavrão ecoava na cozinha.

Ander me seguiu com um olhar divertido.

E paramos no limiar para ver minha futura pretendente acenando com a mão e um pedaço de torrada preta no chão.

— A torradeira está tentando me matar! — ela acusou, soprando os dedos que estavam vermelhos de uma queimadura recente.

Liguei a água, me certificando de que estava morna, e segurei seu pulso para guiar seus dedos sob o fluxo calmante.

Ela sibilou no início, depois suspirou, se acomodando em mim.

Tudo o que ela vestia era mais uma das minhas camisas. O tecido chegava até seus joelhos.

Encomendei roupas para ela, mas ainda não tinham chegado. Com a minha sorte, elas enviariam amanhã, quando não precisaríamos mais delas.

— Que tal você manter a mão aqui, e eu faço o café da manhã? — ofereci, beijando sua têmpora.

— Essa é a minha deixa para ficar — Ander disse, se apoiando no balcão.

Eu o olhei de soslaio.

— Ou para ir embora — retorqui.

— Não. Tenho certeza de que você quer que eu fique. — Ele pegou uma caneca e a girou em sua mão. — Vou fazer café.

— Você não tem uma pretendente para irritar?

— Fui muito bem-sucedido nisso, meu amigo — ele respondeu e se abaixou para pegar a torrada queimada e jogá-la no lixo.

— Você está evitando-a — percebi.

— Não exatamente. — Ele começou a mexer na cafeteira, efetivamente encerrando a conversa.

Tudo bem. Se ele não queria falar sobre seus problemas com Kat, então eu o deixaria em paz.

— Vamos tomar café da manhã, mas depois você vai voltar para sua gatinha — eu disse a ele, brincando com o nome de sua pretendida, Kat.

Ele bufou.

— Bem, ela certamente tem garras.

— Aposto que tem. — Beijei a bochecha de Daciana antes de verificar sua mão e ver que sua pele já estava se curando. Ser metamorfo certamente tinha suas vantagens. — Quer um pouco de chá?

Ela balançou a cabeça.

— Eu já fiz. — Ela apontou para a jarra na mesa. — Eu estava tentando fazer algumas torradas para acompanhar, quando sua torradeira me atacou.

Eu sorri.

— Sim, ela faz muito mais do que apenas dourar pão. — Eu teria que mostrar a ela como usá-la mais tarde. — Vamos tentar fazer waffles em vez disso.

— Waffles? — Ela franziu o nariz. — Nunca comi.

— Então você está prestes a ter uma surpresa, porque a *torradeira* faz waffles excelentes. — Levantei as sobrancelhas, fazendo seus lábios se curvarem para cima. — Vá se sentar. Vou preparar para nós três, já que o Ander se convidou para ficar.

— Considere como pesquisa — ele disse, servindo duas xícaras de café e entregou uma para mim. — Pesquisa de relacionamento.

— Aham. — Mais como evitar relacionamentos. O que quer que ele tivesse com Kat, estava perturbando-o e ele ansiava por distração. Como ele claramente não queria falar sobre isso, permiti sua distração e me ocupei preparando o café da manhã.

Ele acabaria resolvendo suas coisas.

Assim como eu resolveria as minhas.

Daciana sorriu da mesa, segurando a xícara com suas pequenas mãos.

Retribuí o gesto, me sentindo mais em casa do que nunca.

A ideia de ela não ser compatível fez meu coração parar dentro do peito, a noção de ter que deixá-la ir roubou meu fôlego. Era a coisa certa a se fazer, mas vê-la agora me fez questionar se eu realmente seria capaz de seguir em frente. Porque a mera ideia de outro macho tocá-la, seja Lobo Ash ou não, me fazia querer cometer assassinato.

Eu me segurei na bancada, de costas para Daciana e Ander.

Reaja, pensei, fechando os olhos e respirei fundo. *Você não conhece o futuro. Leve um dia de cada vez.*

Repetindo esse mantra em minha cabeça, terminei de montar os pratos, peguei a calda e levei tudo para a mesa.

Um dia de cada vez.

Bem, isso funcionava e tudo mais, exceto que amanhã poderia ser o dia. E se fosse o caso, saberíamos nosso destino ao pôr do sol.

Só esperava que fosse o que desejávamos.

DACIANA

A MONTANHA de cobertores no chão ao lado da cama aqueceu meu coração. Era um presente do meu Alfa, sua forma de preparar o ninho que ele sabia que eu aprimoraria nos próximos dias do meu ciclo.

A noite havia caído do lado de fora das janelas e a lua cheia iluminava Andorra sob um cascata de luz pálida.

Elias se aproximou de mim por trás, envolvendo os braços em minha cintura enquanto admirávamos a noite juntos.

— Como você está se sentindo? — ele perguntou baixinho.

Engoli em seco, sabendo o que ele queria dizer.

— As cólicas já começaram. — Era como uma dor surda por dentro, que normalmente despertava um medo profundo em mim. No entanto, esta noite eu me sentia estranhamente calma, estando sob a proteção do meu Alfa. Pela primeira vez, eu tinha um macho que poderia me acompanhar adequadamente durante o meu estro.

Senti um frio no estômago e a excitação percorria minha espinha para cima e para baixo.

Tudo neste momento parecia certo. A forma como ele me segurava, o calor emanando do seu corpo nu para o meu, e a promessa dura crescendo em minhas costas.

Humm, ele cuidaria de todas as minhas necessidades. Ele já havia cuidado, considerando o estado do quarto. Além da variedade de lençóis, tinha estoque de água, petiscos e outras coisas úteis para nos manter felizes em nosso casulo de felicidade juntos. Para um Alfa que nunca tinha visto uma Ômega passar por seu ciclo de calor, ele estava fazendo um trabalho incrível.

— Quem te ajudou a se preparar? — perguntei ao me virar em seus braços.

Seus olhos negros como a meia-noite sorriram para mim.

— Jonas e Riley me deram algumas sugestões. — Ele passou o polegar por minha espinha e segurou minha nuca, enquanto seu outro braço continuava ao redor das minhas costas. — Agora me diga como você está realmente se sentindo. Não apenas física, mas emocionalmente também.

— Eu... — Parei, considerando. — Estou em paz — admiti. — Parte de mim está nervosa, mas nunca me senti tão segura. Normalmente, nesse momento eu estaria nervosa, tremendo no meio da floresta, rezando para que ninguém me encontrasse. Então a dor chegaria e eu me arrependeria de me isolar, mas ela é tão intensa que não posso fazer nada a respeito. E quando finalmente emergir, me odeio por saber que repetirei todo o processo em menos de um mês. Mas não desta vez. Com você... com você é diferente.

Ele me estudou por um longo momento e franziu as sobrancelhas.

— Sinto como se minha vida inteira tivesse sido destinada a me levar até este momento — ele comentou. — Como se tudo que já fiz tivesse sido por você, apesar de nunca saber que você existia até recentemente.

Umedeci os lábios, me sentindo da mesma forma. Como se toda a agonia passada na floresta tivesse sido minha maneira de me salvar para ele, para o meu parceiro digno.

— Sinto o mesmo.

Elias encostou a testa na minha e seu suspiro roçou em minha boca.

— Preciso te perguntar algo. Algo difícil.

Franzi a testa e recuei para estudá-lo.

— O que é? — perguntei, sentindo meu estômago se contorcer de uma maneira nada agradável.

Ele limpou a garganta, a incerteza se espalhando por seus traços.

Qualquer coisa que ele precisasse perguntar não seria agradável.

E eu suspeitava que sabia exatamente o que ele precisava saber.

— Nossos destinos estarão alinhados ou não até o final do seu ciclo — ele começou, confirmando minha suspeita sobre o assunto de sua escolha. — Preciso saber... — Ele limpou a garganta mais uma vez. —

Preciso saber como você quer proceder caso não consigamos criar vida juntos.

Meu coração parou de bater, a ideia de sermos incompatíveis fez minha respiração congelar.

— Ainda não sabemos de nada — ele se apressou em dizer. — Os relatórios que Ceres forneceu confirmam que você é fértil e capaz de procriar; só não sabemos se você será capaz de aceitar minha semente ou não. E no caso de você não conseguir, eu... — Ele suspirou e seu rosto ficou triste. — Sei o quanto é importante a procriação para as Ômegas, Daciana. Eu nunca gostaria de tirar isso de você. Mesmo que signifique ter que negar o que sinto aqui dentro.

Espere... Franzi a testa em confusão.

— Sente dentro de você?

— Que você é minha — ele sussurrou. — Não ter te reivindicado tem sido uma das tarefas mais difíceis que já enfrentei, mas não posso te prender a mim sem saber se posso te proporcionar tudo o que você precisa. Não seria certo. No entanto, apesar de me dizer isso repetidamente, minha necessidade egoísta de te reivindicar como minha continua a aumentar. Então preciso que você confirme seus desejos por mim, em voz alta, para me ajudar a manter esse instinto sob controle. Por favor.

— Você não me reivindicou porque está preocupado com a minha capacidade de conceber seu filho — traduzi.

Ele assentiu.

— E sei o quanto as Ômegas valorizam as crianças. Não posso tirar esse sonho de você.

— E você? — pressionei, precisando ter certeza de que eu entendia. — Você não quer um filho seu?

Elias se voltou para dentro de si, buscando a resposta, e suspirou.

— Sim, mas quero você mais. E sei que é egoísta da minha parte admitir isso. Por isso, preciso que você me diga seus desejos, para que eu possa colocar suas vontades antes das minhas.

— Então, se eu não puder conceber seus filhos, você aceitaria. — Não era uma pergunta, mas uma afirmação. Uma repleta pelo choque. — Você é um Alfa. A procriação é a sua maior conquista.

Ele riu.

— Sim, é um desejo, mas encontrar a parceira certa está mais alto na minha lista. Suponho que isso me diferencia dos outros, como você disse, a maioria dos Alfas quer um herdeiro. Embora eu gostaria de ter um, não é tão importante quanto garantir uma parceira para a vida. Ser um Alfa não acasalado é uma existência solitária, Daciana. E depois das minhas experiências com você, bem, as Betas nunca serão suficientes novamente. Não quando sei como é te ter amarrada a mim.

Eu o encarei.

— Como estamos tão profundamente conectados após tão pouco tempo juntos? — sussurrei, maravilhada. Porque eu sentia o mesmo por ele. Embora ansiasse por uma criança, eu o queria mais. E algo me dizia que não era um desejo passageiro, mas algo nascido de minha própria alma.

Seu olhar aqueceu e ele sorriu de leve.

— Não sei, baby. Mas é assim que me sinto.

— É assim que me sinto também. — Fiquei na ponta dos pés para beijá-lo, unindo meus lábios aos dele enquanto despejava todas as minhas emoções no abraço.

Esse macho superou todas as minhas expectativas, se provando cada vez mais digno a cada passo. E eu queria que ele soubesse o quanto eu o apreciava, o quanto ansiava estar com ele, independentemente de nossas diferenças biológicas.

Se não pudéssemos ter um bebê, então encontraríamos outro caminho para ficarmos juntos.

O Território Andorra era focado na ciência, cuidados de saúde e tecnologia. Se alguém pudesse determinar um caminho para nós, seriam os lobos que viviam sob esta cúpula.

Eu disse isso em voz alta, ganhando um rosnado baixo do Alfa. Uma onda de desejo me atingiu entre as coxas, meu líquido preencheu o ar à medida que a fase inicial do meu cio começava.

Se ele havia provocado isso ou o destino tinha escolhido aquele momento para o início do meu cio, eu não sabia. Não me importava. Estava perdida em sua boca para ponderar tais detalhes frívolos.

O que importava era que minha alma o tinha escolhido. Meu coração também. E meu corpo.

O envolvi com meus braços, praticamente subindo para alcançar o que eu mais desejava: meu centro contra sua ereção pulsante.

— Sim — sussurrei, enrolando as pernas em sua cintura enquanto ele me erguia no ar com uma mão em minha bunda.

Ele se acomodou dentro de mim em um único movimento, a conexão deliciosa e perfeita.

Senti minhas costas baterem na parede, seus quadris guiando nossos movimentos, sua boca uma bênção contra a minha.

Oh, como eu amava isso.

Ele.

A nossa química compartilhada.

Este momento lindo.

Tudo em nossa conexão era perfeito e certo, cem por cento mútuo.

— Daciana — ele sussurrou, me possuindo por completo. Me apertei ao seu redor, instigando-o a aumentar o ritmo, a penetrar mais fundo, a me levar ao lugar que eu mais desejava.

E ele fez isso.

Ele me deu tudo.

Seus lábios acariciaram os meus. Percorreram minha bochecha. Seus dentes roçaram minha mandíbula.

— Sim, sim — eu o encorajei, consciente de seu desejo, o laço que ele ansiava tanto quanto eu. — Faça isso — eu disse a ele. — Me reivindique!

O resto poderíamos resolver depois.

O que importava era o agora.

A nossa união.

O nosso futuro.

Nossas vidas se fundindo em uma só.

— Tem certeza? — ele perguntou em um sussurro rouco. — Me diga que tem certeza.

— Me morda, Alfa — exigi em vez disso. — Me reivindique!

— Merda — ele exalou de forma brusca e seu rosnado fez com que cada parte do meu ser tremesse. Vibrei contra ele, meu êxtase aumentando.

— Agora — implorei. — Por favor, Elias. Por favor, agora. Enquanto ainda estou lúcida. — Porque uma vez que o cio me dominasse, eu me perderia por horas. Me tornaria escrava das demandas do meu corpo e do dele, uma bola de prazer e necessidade que apenas o meu Alfa poderia satisfazer.

Mas agora eu estava com a mente clara.

E queria me *lembrar* da nossa união.

— Por favor — repeti, me arqueando contra ele.

Ele xingou mais uma vez, levando a boca até meu pulso.

— Eu não posso... preciso de você demais. — Seus dentes perfuraram minha pele, e a ardência percorreu minha espinha enquanto uma nuvem de euforia e certeza me envolvia por dentro, enquanto um laço cercava meu coração.

Uma faixa escrita com o nome dele.

Minha alma se derreteu para se tornar uma com a dele, nosso vínculo se firmou e se enraizou profundamente em nós dois.

Meu, minha loba murmurou, a palavra escapando dos meus lábios também.

— Minha — Elias concordou, lambendo o sangue que escorria do meu ombro.

Ele me beijou, minha essência grossa em sua boca, enquanto me comia com a língua e o pênis, me levando ao ponto de não retorno.

Gritei e arranhei suas costas, enquanto meu sexo pulsava no ritmo do seu desejo, enquanto seu nó se prendia e me forçava no abismo do meu cio.

Uma necessidade *intensa* me dominou, como nunca antes. Mesmo quando gozei, desejei mais, seu sêmen não era suficiente para acalmar minha fera interior.

Capturei os lábios dele com os meus, rocei os dentes em seu lábio e mordi, enquanto a agonia me rasgava ao meio. Eu precisava que ele me comesse com mais força. Que me levasse para dentro do meu ninho. Para um mundo de existência diferente.

As mãos dele estavam em todos os lugares, seus dedos explorando.

Mas não era o suficiente.

Eu chorava.

Gemia.

Implorava por mais.

Exigia que o nó voltasse assim que desaparecesse.

Gritava para que ele montasse em mim.

Mal me reconhecia, mal entendia que minhas mãos agora estavam na cama, meus joelhos me ajudando a equilibrar de quatro enquanto ele me penetrava por trás.

— Sim, assim — gemi, pressionando meu corpo contra ele para outro golpe forte.

Seu peito cobria minhas costas, seus lábios no meu pescoço, seus dentes em minha pele enquanto um delicioso rosnado masculino reverberava pela minha espinha.

Me senti possuída.

Controlada.

Totalmente dominada.

E eu adorei, ansiava por mais, precisava que ele me segurasse com mais força e me penetrasse *mais fundo*.

Ah, ele fez exatamente isso, as mãos quentes se prenderam com firmeza aos meus quadris enquanto ele me levava a um novo nível de existência. Um onde eu voava alto e por muito tempo, suspirando na descida.

Ondulações extáticas acalmaram minha fome violenta, permitindo que minha mente emergisse apenas o suficiente para notar como meu companheiro me segurava de forma protetora em seus braços, com seu sêmen escorrendo dentro de mim.

Estávamos de lado, minha cabeça apoiada em seu braço, seu torso úmido contra minhas costas. *Conchinha*, pensei. *Estamos de conchinha*.

O calor se espalhou em minhas veias, despertando meus sentidos e meu núcleo com sede renovada.

Ele me acalmou com um ronronar suave que silenciou meus instintos. Bocejei, parte de mim notando o sol iluminando o céu lá fora.

Há quanto tempo estamos fazendo amor?, me perguntei, distraída.

Meus membros e meu interior doloridos sugeriam que havia se passado horas. Talvez até dias.

Humm, mas não tínhamos terminado. Apenas o auge de nossa fúria.

Eu queria fazer mais.

Prová-lo.

Levei os dedos entre minhas coxas, procurando a umidade resultante de nossa excitação compartilhada e levei o sabor aos meus lábios. Gemi, arqueando contra ele.

— Puta merda, você é insaciável — ele acusou com uma risada rouca.

Lamentei em resposta, me movendo para trás contra ele de forma necessitada, o que me rendeu um tapinha no quadril.

E mais daquele ronronar delicioso.

Rolei contra ele, me contorcendo, *desejando*.

Seus lábios traçaram um caminho úmido até o meu pescoço e seus dentes roçaram minha orelha.

— Me diga o que você quer, amor. Grite para mim.

— *Tudo* — ofeguei. — Me tome por toda parte.

Ele saiu da minha boceta, fazendo exatamente o oposto do que declarei. Então deslizou entre minhas nádegas.

— Aqui? — ele perguntou, e senti seu hálito quente contra minha garganta.

Humm, eu sabia que isso estava por vir. Ele vinha me preparando lentamente com seus dedos por horas, me preparando para recebê-lo. E embora eu preferisse seu nó, também queria experimentar isso.

— Por favor — falei, me empurrando contra ele. — Me coma.

— Te comer onde? — ele perguntou, contornando meu centro pulsante com a mão. — Me diga como você quer que eu te coma.

— No meu traseiro, Elias — sibilei. — Quero te

sentir por toda parte. Sempre. Me faça sua de todas as maneiras.

— Você já é minha — ele respondeu, me penetrando com um rápido giro de seus quadris.

Gritei com a súbita plenitude, tão diferente da outra maneira que ele me possuiu, mas também incrível. Ele continuou a acariciar meu centro, aplicando a quantidade certa de pressão com o polegar para fornecer o atrito que eu precisava.

— Elias — gemi, a intrusão me levando a outro daqueles lugares sombrios e proibidos que meu corpo ansiava.

Rude.

Violento.

Selvagem.

Estocadas.

Correspondi a cada uma com um entusiasmo incessante, a satisfação se aproximando e desaparecendo rápido demais para eu alcançar.

Minhas bochechas ficaram cobertas de lágrimas.

Seu toque me enlouqueceu.

Até que ele apertou meu clitóris, torcendo-o de forma brusca, e forçou o orgasmo a explodir do meu centro. Seu nome saiu dos meus lábios em um grito. Minha garganta doía por todos os sons que forcei através dela durante nosso tempo juntos. Mas não conseguia parar de gritar, seu gemido de satisfação era como música para meus ouvidos enquanto ele gozava profundamente em meu traseiro.

Sem nó.

Porque não era o lugar certo.

O que significava que ele se recuperaria rapidamente e poderia me tomar de novo.

E de novo.

E de novo.

— Minha boca — eu disse a ele, engolindo ar. — Você precisa comer minha boca.

— Eu vou — ele prometeu. — Assim que eu fizer você gozar de novo no meu pau.

— Humm — murmurei, satisfeita com essa resposta.

Levei as mãos para a cama ao nosso redor, minha necessidade de rearranjar nosso paraíso macio tomou conta. Tinha que estar certo para o nosso próximo acasalamento. Na posição perfeita.

A plenitude em meu traseiro desapareceu quando Elias rolou para suas costas. Subi nele enquanto seu sêmen escorria da minha bunda.

Ele precisaria me tomar ali novamente, para garantir que eu fosse dele de todas as maneiras.

Eu ia gostar.

Exigiria mais.

Até me sentir completamente cheia com sua semente e satisfeita de que estávamos unidos em todos os sentidos.

Seu olhar brilhava para mim enquanto meus seios roçavam em seu peito e minhas mãos ajustavam o travesseiro sob sua cabeça.

— Em seguida, vamos transar assim — ele declarou. — Com você cavalgando em mim.

Concordei com esse plano com um som baixo de contentamento e continuei meu trabalho de preparar nosso ninho enquanto ele usava um pano para limpar os fluidos residuais de nossos corpos.

Quando seu pau finalmente se animou contra sua coxa, tomei como sinal e me acomodei sobre ele.

Ele gemeu. Os tendões de seu pescoço se esticaram enquanto ele inclinava a cabeça para trás na perfeita exibição de hedonismo. Garanti que ele estivesse completamente dentro de mim antes de me inclinar para morder o forte músculo de sua garganta, desejando marcá-lo da mesma maneira que ele me marcou. Ele se sobressaltou em surpresa, mas não impediu meus dentes de penetrarem em sua pele.

Me sentei de volta, satisfeita com o sangue dele em meus lábios, e comecei a cavalgar, exatamente como ele queria.

E, rápido demais, estávamos gozando novamente, a parte dele que eu mais desejava se agarrando às minhas paredes e derramando sua essência em meu útero.

Continuamos transando. Brincando. Memorizamos um ao outro em todos os modos íntimos possíveis. Engoli sua semente, amando como seu nó pulsava na base de seu pau quando eu o levava profundamente em minha boca. Ele gozou em meu traseiro novamente. Transamos com ele por cima. Comigo por cima. Encostados na cabeceira da cama. Uma vez comigo pendurada na borda da cama, com as mãos apoiadas no chão. Com minhas pernas no ar. Outra vez com o rosto enterrado na cama, onde ele me forçou a lamber nossa última sessão de amor enquanto me comia por trás.

De. Todas. As. Maneiras.

Ele me apresentou a um mundo de êxtase diferente de tudo que eu poderia ter antecipado.

Me marcou como sua.

Me permitiu reivindicá-lo da mesma forma.

Gritamos.

Gememos.

E transamos até a exaustão.

Até que, finalmente, dias depois, meu êxtase começar a diminuir e as dores em meus músculos tomaram conta do uso excessivo violento.

Se Elias sentiu algo semelhante, ele não mostrava. Mas ele estava com arranhões das minhas unhas, as marcas de mordida e o vermelhidão geral de nossos corpos se unindo em uma explosão de selvageria e violência.

Ofeguei debaixo dele, enquanto meu último orgasmo me envolvia em uma onda de prazer e dor.

— Humm, aí está minha Daciana — ele murmurou, passando o nariz pelo osso da bochecha. — Minha linda e definitivamente grávida companheira.

Meu coração parou com suas palavras.

Grávida.

Acariciei minha barriga, tentando me concentrar, mas os vestígios do êxtase continuavam tentando me arrastar, me mantendo nas garras do cio por um pouco mais de tempo.

— Posso sentir minha semente dentro de você — ele sussurrou, seus lábios acariciando minha orelha. — Nós criamos uma vida juntos, Daciana.

— Tem certeza? — perguntei em um suspiro, sentindo meu peito queimar pela falta de ar. Eu precisava respirar. Mas não conseguia. Não agora. Não até saber.

— Sim — ele disse, sorrindo contra minha boca. — Tenho certeza.

Senti a alegria me tomar e meus pulmões inflarem com uma inspiração rápida, deixando sair um som que era parte risada, parte soluço.

Nossos lobos estão destinados um ao outro, pensei, delirando de excitação.

— Somos companheiros.

— Sim, baby. Somos — ele concordou, capturando meus lábios em um beijo que marcou cada centímetro da minha alma. — Você é minha.

— E você é meu — murmurei, com uma euforia diferente de tudo que já conheci me aquecendo da cabeça aos pés. — Meu Elias.

— Minha Daciana.

Eu ri.

— Gosto do som disso.

— Eu também — ele falou baixinho, roçando seu nariz no meu. — E amo como isso faz você se sentir.

— Humm, sim — concordei, suspirando contra ele. — Sabe o que mais amo?

— O quê? — Ele sorriu para mim enquanto se apoiava nos cotovelos, um de cada lado da minha cabeça.

— Você — admiti. — Eu te amo.

Um sorriso deslumbrante iluminou seus traços, roubando o ar dos meus pulmões novamente.

— Eu também te amo, Daciana do Território Andorra.

Entreabri os lábios, a correção prestes a escapar, até que percebi que não precisava ser corrigida de forma alguma.

Porque eu era oficialmente Daciana do Território Andorra, assim como ele disse.

Companheira do Comandante Elias.

Grávida de seu filho.

Uma felicidade imensurável irrompeu do meu peito enquanto eu envolvia meus braços ao redor dele.

— Faça amor comigo, companheiro.

— Depois de dias de sexo, esse é o primeiro pedido da minha companheira? — ele perguntou, soando divertido. — Humm, você realmente foi feita para mim, não foi?

Arqueei os quadris contra os dele, erguendo as sobrancelhas.

— Agora, Alfa.

— Tão exigente, minha Ômega — ele comentou, mordiscando meu queixo. — Ainda bem que sei como atender às suas necessidades.

— Prove — desafiei.

— Ah, eu pretendo, baby. — Seus lábios se aproximaram da minha orelha. — Agora grite, Daciana. Diga ao Território inteiro que você é minha.

EPÍLOGO

ELIAS

Uma semana depois

DACIANA SE SENTOU ao meu lado na mesa do conselho, com as mãos cruzadas de maneira recatada no colo. Estendi a mão para pegar uma delas e a apertei de leve antes de dar um beijo em sua têmpora.

— Vai ficar tudo bem, baby — sussurrei.

Ela assentiu, mordiscando o lábio.

Ander se sentou do meu lado oposto, a tela à nossa frente preta enquanto esperávamos que o Alfa do Território das Terras Sombrias aparecesse.

Apresentar Daciana ao conselho foi complicado, com perguntas invasivas. Mas ela lidou com tudo isso com calma, a respiração tranquila e o ritmo do seu coração era como um batimento sereno para os meus ouvidos. Nem mesmo Enzo ou Artur a abalaram.

Mas Dušan era uma questão completamente diferente.

Quando Ander sugeriu que Daciana permanecesse para a chamada, ela ficou retraída. Quase a levei para fora da sala, mas ela me assegurou que conseguiria lidar com isso. Que precisava estar ali.

E estava certa.

Para que o acordo fosse adiante, o Território Andorra tinha que provar que cumprimos nossa parte no acordo e mantivemos Daciana segura.

Agora que sabíamos que as Lobas Ash e os Lobos do X-Clan eram de fato compatíveis, precisávamos que esse acordo funcionasse.

O conselho olhou para Daciana com desejo nos olhos, o anseio palpável. A perspectiva de Ander poder fornecer Ômegas para acasalamento os deixou quase rendidos ao seu superior.

Bem, quase todos.

Artur e Enzo tinham suas próprias opiniões, que, felizmente, a maioria não compartilhava. Era difícil para os Alfas negarem o potencial quando apresentado com minha nova companheira grávida. Nossa tecnologia de detecção precoce provou o que meu lobo já sabia, para aqueles que se recusavam a confiar em seus sentidos. Um simples cheiro confirmou que minha companheira estava grávida. Ceres apenas forneceu a prova adicional para aqueles que causavam problemas.

Dušan apareceu com uma árvore ao fundo, como de costume. Ele nunca fazia essas chamadas de um escritório. Eu nem tinha certeza se ele tinha um.

— Ander — ele cumprimentou ele.

— Dušan — o Alfa do meu Território respondeu. — Concluímos nossos testes.

O Alfa do Território das Terras Sombrias assentiu, seus olhos azul-claros se voltando para Daciana.

— Você parece bem, pequena. Espero que isso signifique que estão te tratando com responsabilidade?

— Melhor do que os Alfas de onde eu vim — ela murmurou baixinho.

Dušan ergueu uma sobrancelha.

— Desculpe, não entendi.

Ah, ele com certeza entendeu. Só estava dando a ela a chance de ajustar sua atitude antes de se dirigir a ele novamente.

Apertei sua mão novamente, desta vez como um aviso gentil. Irritar o macho com quem Ander queria negociar não terminaria bem para nenhum de nós.

Ela limpou a garganta e recomeçou.

— Escolhi Elias como meu companheiro e estou grávida de seu filho.

Não era exatamente uma resposta à pergunta dele, mas o Alfa pareceu aceitar com um aceno.

— Assumo que o aspecto do cortejo do nosso acordo foi cumprido?

Desta vez, seus lábios se curvaram ligeiramente, e um tom rosado coloriu suas bochechas.

— Sim, senhor. Elias provou ser um companheiro muito digno.

Beijei sua têmpora, agradecendo silenciosamente pela gentileza de suas palavras.

— Te amo — sussurrei em seu ouvido.

— Eu também te amo — ela sussurrou de volta, com os olhos azuis brilhando quando encontraram o meu olhar.

Foi necessária muita contenção para não abraçá-la e devorá-la. Assim que esta reunião terminasse, eu a tomaria. E eu a teria. Talvez até mesmo em cima da mesa, apenas para que Enzo e Artur tivessem que sentir o cheiro durante nossa próxima reunião.

— Eu tinha planejado pedir uma reunião privada com Daciana para confirmar que seus afetos não forçados, mas vejo que não será necessário — Dušan comentou, focado em mim. — Ela escolheu bem.

— Ela escolheu — concordei. Ela me escolheu, e não teríamos feito de outra maneira. — Mas você ainda é bem-vindo a questioná-la em particular, se ela concordar.

— Não é necessário — ela disse, seu tom enfatizado em força e intensidade. — Eu o escolhi. Ele me escolheu. E estamos acasalados. Acredito que as outras Ômegas também serão tratadas com justiça, desde que Ander continue sendo o Alfa do Território Andorra.

Meu melhor amigo olhou para ela com uma breve expressão de surpresa antes de se concentrar em Dušan.

— Gerencio este Território por quase um século. Não planejo parar tão cedo.

— Espero que não — o Alfa dos Lobos Ash respondeu. — Você é o único Lobo do X-Clan com quem concordei em negociar.

Ander assentiu.

— Igualmente. — Ele limpou a garganta. — Bom, como você pode ver, nosso experimento foi um sucesso. Estamos prontos para prosseguir com o restante da transação.

Mais nove Ômegas em troca de tecnologia avançada, incluindo itens de transporte e saúde.

Já havíamos fornecido um carregamento colossal em

troca de Daciana. Agora multiplicaríamos essa exportação por nove, em troca das Ômegas dos Lobos Ash.

Era o primeiro passo de muitos em nossa tentativa de estabilizar o desequilíbrio hormonal presente no Território Andorra. Se Ander tivesse sucesso, ele garantiria seu lugar no topo por pelo menos mais um século, provavelmente mais, já que lobos viviam muito tempo.

Ele só precisava resolver seu própria acasalamento porque cheirava a insatisfação.

Qualquer discórdia que existisse entre ele e Kat era um problema. Eu disse que ele precisava resolver isso assim que nossa chamada com Dušan terminasse.

— Estou trabalhando nisso. — Foi tudo o que Ander disse antes de sair em direção aos elevadores, visivelmente contrariado.

Daciana ficou ao meu lado, seguindo o Alfa insatisfeito com o olhar, e as sobrancelhas franzidas.

— Ele não parece muito feliz para alguém que acabou de garantir um carregamento de Ômegas.

— Porque a Ômega que ele quer não está jogando o jogo dele — respondi.

— Então talvez ele deva mudar de tática — ela sugeriu.

— Vamos torcer para que ele faça isso — eu disse, balançando a cabeça. — Mas duvido que ele o faça. — Ander Cain era um lobo teimoso. E a futura companheira dele também.

— Humm, é uma pena. Gosto de brincar com você — Daciana murmurou, subindo seus dedos pela minha camisa social enquanto pressionava o corpo contra o meu. — Na verdade, já tenho um jogo em mente.

Envolvi is braços em sua cintura, intrigado.

— O que você tem em mente, princesa?

Uma sobrancelha loira clara se ergueu, com um brilho travesso em seus olhos azuis.

— Eu corro. Você me persegue.

— Ah, esse é o meu jogo favorito — admiti.

— O meu também.

Pressionei meus lábios nos dela, lhe dando um gostinho do que estava por vir ao deslizar minha língua contra a dela.

— Vou te dar cinco minutos de vantagem — sussurrei.

— Desde que chegarmos ao térreo — ela disse, acrescentando uma cláusula inteligente às nossas regras.

Eu sorri.

— Está bem.

Ela roçou os dentes em minha mandíbula, com a expressão iluminada pela empolgação.

— Vamos lá.

Eu a segui no elevador, beijando-a o tempo todo. Então, a observei enquanto ela se despia. Joguei minhas roupas na pilha que ela criou, sem me importar se as perdêssemos no prédio.

Quando chegamos ao térreo, senti seus pelos roçarem minhas coxas.

— Corra rápido, Daciana — eu disse a ela, rolando os ombros. — Seus cinco minutos começam agora.

Ela disparou em direção às portas, os guardas de

segurança as abrindo para ela com expressões divertidas.

E exatamente cinco minutos depois, parti atrás dela em forma de lobo, meu focinho rastreando o rastro que seu doce aroma deixou para trás.

Minha, meu lobo rosnou, animado com o jogo favorito da minha pequena companheira.

Porque quando eu a encontrasse, receberia o maior prêmio de todos: *minha companheira.*

Obrigada por ler!

Curioso sobre a história de Ander e Katriana? Leia *Território Andorra.*

Com fome de mais Lobos do X-Clan? Faça uma viagem para o norte do Círculo Ártico para uma releitura de Branca de Neve diferente de tudo que você já leu com *A Flecha de Winter.*

Se você gostou da série *X-Clan*, também pode gostar do mundo da *Aliança de Sangue*, onde Lycans e Vampiros ditam as regras.

O Universo X-Clan continua com *A flecha de Winter*...

O verdadeiro amor é um mito.
Um truque.
Uma forma de subjugar a mocinha e tirar tudo dela.

Winter Snow

Meu "verdadeiro amor" conspirou com minha madrasta para me matar e roubar meu trono.

Mas eles falharam.

Me escondi e aprimorei minha vingança. Não sou mais

a jovem que eles conheceram. Estou indo atrás deles. E do meu reino também.

Quem precisa de anões quando se tem lobos?
Quem precisa de lâminas quando se tem flechas?

Meu nome era *Snow*. Agora me chamam de *Flecha de Winter*. Porque estou aqui para destruir todos eles.

Kazek Flor
Não sou um príncipe, sou um alfa. E pego o que eu quero, quando quero. Então, quando encontrei uma princesa ômega morrendo na floresta, eu a peguei e a fiz minha.

Vou treiná-la. Encorajá-la. Ajudá-la a buscar a vingança que lhe é devida. Então, juntos, vamos derrubar o Território de Inverno e a perversa Rainha dos Espelhos.

Corram rápido, lobinhos.
A ex-princesa de vocês está prestes a subir ao seu lado.
E temos sede do seu sangue.

Nota da autora: Esta é uma releitura de Branca de Neve, baseada no universo do Ômegaverso X-Clan.

Lexi C. Foss é uma escritora perdida no mundo do TI. Ela mora em Chapel Hill, na North Carolina, com o marido e seus filhos de pelos. Quando não está escrevendo, está ocupada riscando itens da sua lista de viagem. Muitos dos lugares que visitou podem ser vistos em seus textos, incluindo o mundo mítico de Hydria, que é baseado em Hydra nas ilhas gregas. Ela é peculiar, consome café demais e adora nadar.

https://www.lexicfoss.com/Inicio

MAIS LIVROS DE LEXI C. FOSS

Série Aliança de Sangue

Inocência Perdida

Liberdade Perdida

Resistência Perdida

Rebeldia Perdida

Realeza Perdida

Crueldade Perdida

Universo da Aliança de Sangue

Desejo

Dia de Sangue

Rainha dos Elementos

Livro Um

Livro Dois

Livro Três

O Próximo Reinado

Rainha dos Vampiros

Livro Um

Livro Dois

Livro Três

Livro Quatro

Outras séries sobre o universo Fae:

Rainha Fae do Inverno

Série X-Clan

A origem

Território Andorra

O experimento

A flecha de Winter

Território Bariloche

Série V-Clan

Território de Sangue

Território Noturno

Território Eclipse

Outros Livros

Ilha Carnage

Reivindicação